愛すべきマイホームタウン

「愛すべきマイホームタウン」発刊委員会・編

文芸社

愛すべきマイホームタウン　目次

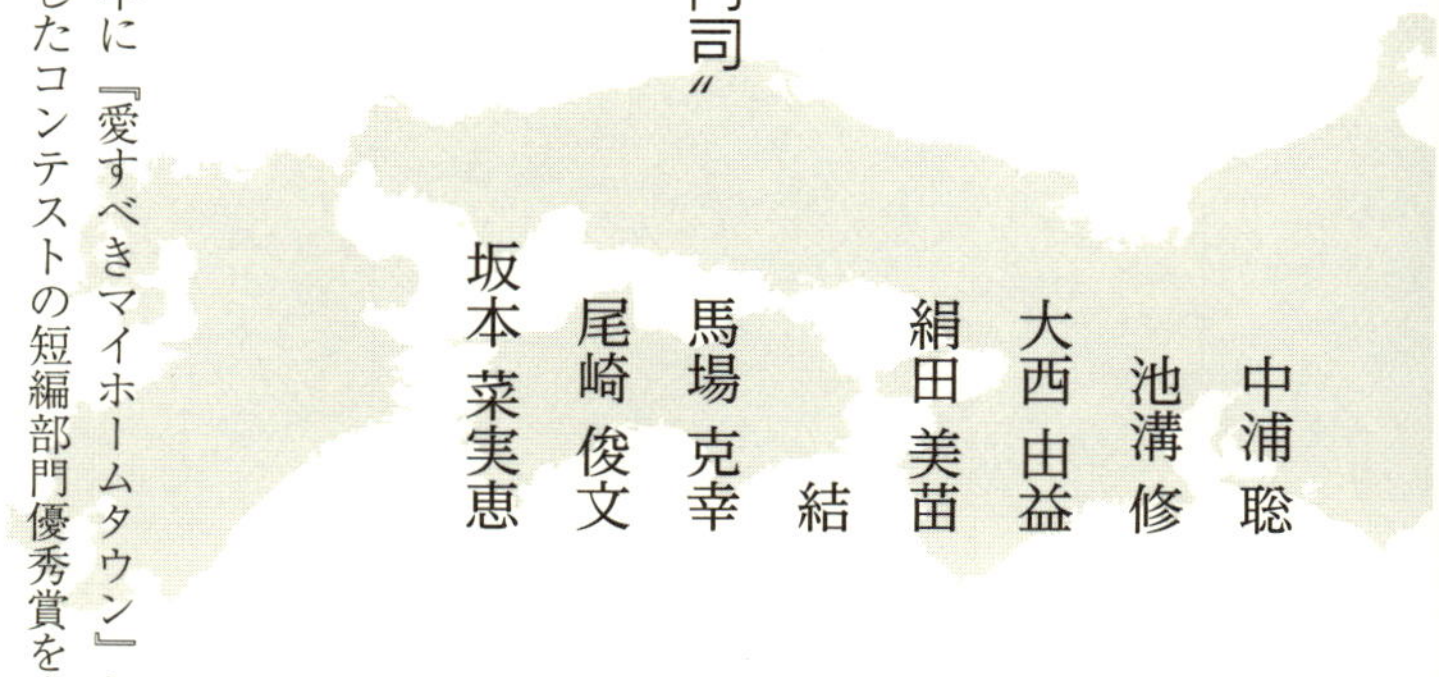

本書は二〇一一年に『愛すべきマイホームタウン』として小社が主催したコンテストの短編部門優秀賞をまとめた作品です。

第二のふるさとマイホームタウン

植田 尚宏　北海道　六十八歳

今日は久しぶりの休みである。とは言っても一日の仕事はたったの四時間、それも土、日、祝は休みで決してえらそうなことは言えないのは百も承知だ。昔の私には考えられないことである。でも、しかたがない。定年で六十を過ぎた私に待っていたものは、無情とも言える冷たい風か。年金生活なんて甘い考えはどこにも見当たらない。今は亡き父もそう言いながら七十歳になるまで働き続けた。この北の大地と同じように、いつまでたっても春が見えてこない。私は必死で春を探した。おかげでなんとか春のかけらを見つけることができた。そんな中で見つけた小さな幸せ。

私と妻の二人暮らし、でも決して寂しくはない。それは自然に包まれた素敵な大地を私達が見つけたからだ。自然を愛し、自然にふれあい、多くの動物達にも手を触れ、新しい芽と語り合う。長い長い冬が終われば全ての生き物達は甦る。

きっとあなたの気にいる春は見つけられると私は確信する。

さあ、今からでもいい、春を探しに出かけよう。

それはマイホームから歩いても数秒の所に広がる自然の世界。私達は毎日こうした自然を求め、ちょっとしたふれあいをたのしみに歩き続ける。ふくじゅ草、水芭蕉も、もう春を告げている。

一、ありんことの出会い

暖かいある日のこと、私は妻と近くの土手を散歩していた。夏とはいえこの北海道は涼しく、暑くもなし寒くもなしと一年で一番過ごしやすい季節だ。雪が解けると、土手にはいっせいにつくしが顔を出す。小さな袋を持って妻とよくつくし取りに行ったものだ。煮物や漬物にすればなかなかの珍味。

やがて『ふくべら』の白い花が土手いっぱいに咲き競う。おひたしにすると、これがまた実にうまい。『ふくべら』は本州で言う二輪草のこと。ただ小さい頃は『とりかぶと』と間違えるのでよく注意し、できれば花の咲く頃まで待ったほうがよい。

それに黄色い花が特徴の『やちぶき』もある。ふきの仲間でこれもまたおひたしにすれば最高の味をたのしむことができる。かつおけずりと醤油があれば毎日でも飽きない。

食べることばかりで申し訳ないので、そろそろ話を本筋に戻そう。そんな季節にもうひとつ咲く野草、それが『たんぽぽ』である。それはそれは土手一面に咲きほこり、まるで黄色いジュータンを敷きつめたようで、思わず寝っころがってしまいたいような気になる。

たんぽぽの　真綿で遊ぶ　親子連れ

私は持っていた手帳に思わず句を書いてみた。

風がほどよく頬をなで
おてんとう様が土手を照らす昼下がり
のどかな幸せをかみしめてさらに歩く

「あら、西洋たんぽぽもある」

といきなり妻が言った。

妻は植物のことを本当によく知っている。

「へえー、どこが違うんかな」

「たんぽぽの葉っぱをよく見てごらん、鋭い形しているやろ」

なるほどよく見れば確かにそうだ。

「今日はひとつ勉強になったな」

横で妻がにんまりと笑う。

風が少し出てきたようだ。たんぽぽのジュータンが揺れ出してきた。そこでもう一句。

たんぽぽを　風が揺るがす　土手の波

どれくらい歩いただろうか、なにげなくふと足もとを見ると、土手の端から相当数のありが忙しそうに動き回っている。土手の幅は三メートルぐらいだろうか、その道を横断しているありもいる。私は一瞬足を止めた。よく見ると何やら運んでいる。ミミズの死骸か、はたまた羽根ありのような死骸かともかく一生懸命運んでいる。

前の口を使いあとずさりしながら、さも重そうに引きずっている。そこへ仲間か、それとも家族の一員なのか二匹のありがやってきて、その荷物の運搬を手伝いはじめた。私は思わず「よいしょ、よいしょ」と声をかけてやった。

すると私の声が聞こえたかのように、その三匹のありはぴたりと作業を中止した。そしてまるで私達を警戒するかの如く、小さな首を左右に動かしやがてまた運びはじめた。

いやいや、申し訳ないことをしたもんだとあり達に頭を下げた。土手の草むらの中に彼らの住まいがあるのかと、興味しんしんの思いでそっと雑草を倒してみた。そこには彼らの住まいとも言える玄関口が無数にあるのが見えた。私が声をかけた三匹のあり達は、その内のひとつにさきほどの餌を運び入れている最中だった。こんなに無数にある穴の中で自分達の家がよく分かるものだ。いや、意外と穴の中の道はつながっているのかもしれない。

時折セキレイの鳴く声が川面のほうから聞こえてくる。本格的な北国の短い夏を告げるかのように涼しさを伝えているようである。

一方人間はどうだろうか。人間達はこの夏空に浮かれ、精一杯肌を出し夏のファッションをたのしんでいるようだ。しかし、あり達はどうだろうか。もう冬の支度をはじめている。何メートルもの積雪に耐えるための冬籠りの準備。貯蔵庫いっぱいの食料を溜め込んで静かに次の雪解けを待つ。

来年の春もまた会おうね。

私はありんこ達に手を振った。

二、エゾリスと遊ぶ

私の住まいの近くに小高い山がある。と言ってもそこは公園なのだ。花菖蒲の沼もある。夏が終わろうとしているある日のこと、朝から妻がいやにそわそわしている。小さなビニール袋に何やら詰めている。

「何？　それ」

私は妻に聞いてみた。

「ああこれ、ごはんの準備よ」

と、横目で私の顔を見ながら、なおも何やらごそごそと作業を続けている。

「まあ、私といっしょにくれば分かるから」

家から歩いて約十分、目的地？　に着く。

それは家の近くにある小高い山である。

高木が蒼然と立ち並び、見るからにうっそうとした森であった。

「おはよう」

急に妻が話しかけた。見ると、目の前に一人の女の人が木の根っ子に座って何やら呼んでいる。妻いわく、この人は私の先輩なのだと。よくよく見ると、その人も妻と同じように小さなビニール袋を持っている。

「ジロー、ジロー」

と彼女はしきりに山に向かって呼び続けている。最初はなんのことかよく理解できなかったが、その解答はすぐにわかった。どこからともなく木の葉っぱを揺らす音が聞こえだした。私は思わず木の先端を見上げた。なんとリスが私達の待機場所に向かって降りてくるではないか。体全体の色はまっ黒で、シッポは長く、頭の上はまるでオカメインコのように毛が立っている。先輩である彼女の声で朝の食事タイムがはじまった。妻もしきりにリスを呼ぶ。一匹と思っていたリスがいつの間にか二匹になり、次第にその数は増えていく。もちろんリスだけではない。ここは小鳥の宝庫でもあるのか、野鳥が飛びかっている。鳥もリスも私のところにやってきておねだりする。もう冬が近いことを彼らはよく知っているのだ。厳しいこの北国で生きてゆかねばならないことを。私は彼らを賞賛し、思わず拍手を送ってやった。

あの森は、今ではすっかり雪に覆われ人は足を踏み入れることはできない。あのエゾリス達、元気に暮らしているのかなあ。そして埋めたあのクルミを食べているのかなあ。雪帽子をかぶりじっと冬を耐えている『ななかまど』、土手の穴にひそんでいる『ありんこ達』、そしてあのリス達もみんなが春を待ちこがれているに違いない。

地域に花が教えてくれたもの

前田　武　　北海道　八十三歳

私の住む団地は比較的大世帯の町内会で、札幌市に隣接した北広島市にある。うちの町内も、どこの新興団地とも同じように、朝、道路で会ってもろくに挨拶もしない人が多い。私は、十数年前にこの町内会の副会長に選ばれた。私の尊敬する町内会長のMさんは「どうすれば、もっと親睦のある町内になるのだろう」と、いつも腐心されていた。町内の街並みを見回しても、道路の両側は無味乾燥の塀が並び、なんの潤いもないのだ。

「これじゃいかん」と、町内の美化についてみんなで知恵を絞った結果、「どこの家でも住宅の横や裏に、花を咲かせているはずだ。その花を表通りに出し、冬はイルミネーションで飾ろう。そうすれば色どりもよくなる。空地にも花壇を作ろう」ということになり、早速、ある人は塀の上にプランターを並べたり、塀に釘を打って鉢を吊り、古材で台を作り鉢を並べ、市にお願いして道路の要所のアスファルトを切り込んでもらって花壇を作り、庭木にイルミネーションを取りつけた。陽光を浴びて花はいっせいに咲きだした。それまで、私達の作業を横目で見ながら通り過ぎて行った人達も「きれいに咲きましたね。別の土地に来たみたいだわ」と、花を通じて会話が弾み、近隣同士の閉鎖的な雰囲気も徐々に解け、花に対する愛情がみんなに受け入れられてきた。

そんな矢先、会長のMさんが末期ガンに侵され入院した。Mさんを見舞いに行くと、「私にもしものことがあったら、あなた会長を引き継いで、市で一番の花の名所にして、人々の心も美しくしてください」と私に言い残し、一週間後に亡くなった。

私は、Mさんの遺志を継ぎ、役員らと春先から美しい街づくりに専念した。町内に十ヶ所の花壇を作り、桜五十本、アジサイ二百五十本を植え、町内一丸となって花の世話をして見事に町内を花で埋めた。それまであまり興味を示さなかった市役所であったが、市長も町内の視察に来て、私達の美しい街づくりを見られ、十八年前から「花のまちコンクール」を行うことになり、当然ながら町内の人達の大半が入賞し、団体の部でも、わが町内は、最優秀の上の特別賞を十八年間連続して受けている。

私は、花を通じ、地域に、そして地球にやさしい街づくりを行えたことに満足し、Mさんとの約束を果たせたことを墓前に報告している。町内の人達も、花づくりの共同作業で知人も多くなり、挨拶もきちんとするようになり、町内会の目的である会員の融和と団結に一歩も二歩も近づけたと思っている。春は、花壇のチューリップから始まり、桜に移り、ボンボリのようなアジサイや、草花が競い合って咲くころになると、近隣からの見学者も増えた。

それまで何をやってもまとまりの悪かった町内の人達だったが、にこやかに挨拶を交わすようになった。美しい環境に包まれた町内を見て、自分達の住む町内が他に誇れる街づくりができたことは、実に素晴らしいことと思っている。私は、この街が好きだ。これは、花が教えてくれたものと思い、これからも続けたいと思う。

私は、青森人ではなく八戸《はちのへ》人です。

中村 田鶴子　青森県　三十二歳

私は、青森人ではなく八戸《はちのへ》人です。

さっそくですが、青森県は、日本海側の津軽《つがる》地方、太平洋側の三八《さんぱち》・上北《かみきた》地方、同じく、太平洋側の下北《しもきた》地方の三つに分かれています。

天気も、食べ物も、方言も三つに分かれているのです。

私は、生まれも育ちも、太平洋側の三八・上北地方の、青森県八戸市です。

八戸市は、青森県南部なので、八戸市の方言は、南部弁です。

天気は、北国のわりに、雪が少ないっていう所です。港町なので。

食べ物は、ご当地B級グルメでも話題になった、『南部せんべい』っていう、『麦』で作られた、せんべいをおつゆに入れて食べる、『八戸せんべい汁』っていう鍋があります。

けれども、私は、食べることに、キョーミ、ありません。

私は遊ぶことがニガテですが、八戸市でたまに遊ぶのは、映画館と、カラオケボックスぐらいです。私が、映画と、カラオケが好きだっていうこともありますが。

八戸市で有名なものは、海猫というカモメの一種です。

読者の皆さん、

「海に住む猫？　どういう猫だ？」

って、思ってるかもしれませんが、猫ではなく、鳥ですよ。

春になると『蕪島《かぶしま》』っていう観光名所に集まり、空からフンが落ちてくるので、読者の皆さん、もし、『蕪島』に遊びに来る場合は、よごれてもいいカサを持って来てくださいネ（笑）

地元では、日本海側の津軽地方のことを『青森』としているので、青森県南部出身者、特に八戸市出身の私は、『青森』と言われても、自分の出身地ではないと考えてしまい、県外の人に津軽地方の質問ばかりされると、答えにつまって困ってしまいます。

津軽地方の方言は、津軽弁です。天気は、冬になるととんでもなく雪が多く、除雪作業中にいろんな建てものの屋根から誤って転落してしまい、そのまま、天に召されてしまう方も、毎年と言っていいほどいるようです。ニュースで見聞きしました。

津軽地方の食べ物のことは、よく、分かりません。本当に申し訳ございません。遊ぶ所も有名な物も、リンゴぐらいしか分かりません。本当に申し訳ございません。

太平洋側の、三八・上北地方をまとめて、『八戸』としているので、青森県南部、八戸市出身者の私は、『八戸』と言ってもらったほうが、自分の出身地だと考えることができます。

八戸市に水族館は存在しないけれども、『マリエント』という名前の、学びながら遊べる館《やかた》、学遊館《がくゆうかん》と呼ばれている『水産科学館』が、存在します。『水族館』と、『水産科学館』は違うのです。

読者の皆さん、自分の地元のことって、知っているようで意外と知らないことのほうが、多いですよね？

実は私は、並大抵とはいえない人生を送ってきています。物心がついた時から、ずっと、たらいまわしのようなことをされてきたので、『八戸市』・『八戸』についていろんな質問をされても、答えにつまってしまうことが何度もありました。

理由は、どんなことでも、正解は一つだけではないし、っていうより正解なんてどういうことであれ存在しないからです。

さっきも言いましたが、三八地方の天気は、北国のわりに、雪が少ないのですが、上北地方は、三八地方とは逆で、津軽地方ほどではないけれど、とにかく雪が多いようです。風の便りにききました。

この三八・上北地方をまとめて、『南部地方』といっています。

下北地方の方言は、下北弁ですが、天気、食べ物、遊ぶ所、有名な物、何一つ、津軽地方より、分かりません。理由は、私は下北人ではないので。本当に本当に申し訳ございません。

けれども、下北も県南部なので、方言に南部弁がまざっていると考えられます。

それから、ほとんどの人が、カン違いしてると思うのですが、下北にある、『恐山《おそれざん》』という霊場は、『おそろしいやま』というイミではなくって、『おそれいるやま』っていう、イミなのですよ。分かりましたか？

三八地方の、三戸郡新郷村《さんのへぐんしんごうむら》という所に、『キリストの墓』があるのですが、実はこれは、キリストの墓ではないのです。

「じゃあ、誰の墓なんだって？」

という声が、聞こえてきそうですね。

それは昔どこか遠い所からクリスチャンがやって来て、この地方に住んでた人に「イエス・キリスト」という人を伝えるために、結構、長い間寝泊まりして、そのまま病で天に召されたと考えられるのですが、それが、どういうワケか『イエス・キリストが青森県にやって来た』という伝説になってしまったのです。伝説は、ウソのほうが多いのです。いつ天に召されたのか、男性か女性かも不明ですが、そこは、『キリストの墓』ではなくて、『一人のクリスチャンの墓』なのです。

どうりで、聖書のどこにも書かれていないはずですね？

とにかく、これも風の便りにききました。

私の話はあくまでも都市伝説です。


方言なのですが『来《か》さまい』は、下北弁なのですが、これは、『いらっしゃい』という意味で、下北でしか、使用しません。

津軽弁では『いらっしゃい』を、南部弁で言うと、『おんでやんせ』に、なります。

『いらっしゃい』をなんて言うのか、もちろん分かりません。本当に申し訳ございません。私は、津軽人ではないので。

津軽弁と南部弁では、全く意味が違ったり、共通語が同じなのに方言が違ったりします。

ちなみに、標準語というのは存在しません。が、共通語は全国の方言がなりたってできあがったのです。風の便りにききました。


最後に、実は私は知的精神障害者です。右聾で頭蓋骨と腰に奇形があります。なので私は言葉がよく喋れません。誰かの会話が理解できない時がまれにあります。東日本大震災の被災地に復興支援に行けません。ですが、知的精神障害者の私が文章を書くことがせいいっぱいの応援の言葉です！　負けるな八戸！

カウンターに座りながら

中鉢　和臣　　岩手県　三十四歳

冬の美術館のカウンターに座りながら、外の景色を眺めている。景色といっても、すぐ目の前は山が見えるだけで、しかも今は冬なのでひどく雪が積もっていて、そのせいで、まるで塀に囲まれているような感覚があった。ずっと、美術館の受付のカウンターに座り続けていると感覚が麻痺し、僕だけ流動化して変化しつつある世界に取り残された気分になり、少し憂鬱になる。

この美術館にはテレビがなかった。外観を損ねるという理由からテレビのアンテナが設置されていなかった。山に囲まれているため携帯型のワンセグテレビの受信もできなかった。電波の届きが酷く悪い。ラジオの電波の届きも悪かったが、ラジオの設置場所を変えてみたり、アンテナの向きを微妙に変えたりすると、なんとかローカル局のＦＭ番組だけは聴くことができた。

ラジオが聴けるのは僕にとってよいことであった。夕方から幼馴染の古い友人の番組が聴けるのである。もう、ずいぶんその幼馴染の裕子《ゆうこ》とは会っていない。会ってないのだけれども、ラジオから流れる幼馴染の声の深い部分、とても深い部分なのだけれども、声の音の響きは何も変わってはいなかった。いつも夕方になると美術館が閉館するまで、イヤホンを片方の耳に付け、コーヒーを飲みながら美術館のカウンターの席に座っていた。ここは父の故郷である。今も雪が風に巻かれ吹かれながら降っている。

父は本家の長男で、僕は父と母から生まれた初めての子供、つまり長男である。しかし、ここは僕の故郷だと断言するには、少し不確実で掴みようのない不透明な霧の中をさまようような感覚がある。父の故郷と僕の故郷は違うと思う。

僕は、僕自身の故郷の同級生の直樹《なおき》に手紙を書いた。今なら携帯でメールをしたり、電話でもかければいいのだが、手紙のほうがよかった。この世界から取り残された美術館の中では、手紙のほうがよいとごく自然に感じたからだ。内容は「周りの世界から取り残されている感じがする」という出だしから始まり、内容は僕の近況を書き、「今度一緒にどこか、適当にドライブしよう」と最後に書き綴った。直樹から手紙での返事はなかったが、代わりに午前の仕事中に僕あてに美術館に電話が入った。

「美術館はうまくやっている？　いきなり美術館で働きだすって聞いたからびっくりしたよ。手紙ありがとうな」と直樹は電話ごしに僕に話しかけてきた。

「僕もびっくりしたさ」と僕は少し笑って答えた。「親父がここで、長年収集してきた骨董品の美術館を始めるって言い出してさ、今は美術館兼住まいとして住んでいるよ」

「客はきているのか？」と直樹は僕に訊ねた。

「今の季節は駄目だな。正直この先、不安だよ」と僕は言った。

父は、大阪にある私立の大学へ行き、卒業後は自動車のメーカーに就職したが、二十代後半に会社を辞め独立して故郷の実家に戻り、中古自動車の販売会社を設立した。若いころの父はどちらかと言うと、一人でなんでも勝手に決めて独断で物事を進めていくタイプの人間であった。事業に失敗し借金だけが残り、実家の財産の名義は父の妹に変えられ、父は実家を勘当され、つまり、僕が自分自身の故郷と呼べる所に移り住んだのであった。僕ら家族は父の故郷を離れ他県に住み、僕は何も知らずに幼少期はずっとそこで暮らし、そこが僕ら子供達の故郷となった。父はそこで会社を再興し、最終的には借金も返し終わり、比較的裕福な生活をおくる事ができたのであった。

僕が二十歳の時に父は、父の故郷である実家付近に小さな美術館を設立した。故郷に戻ることが父の夢だったのである。そこには、生活するだけのスペースが少しばかりあった。そこに父と僕が住み、美術館を営んでいた。僕も父もお互いの故郷を行ったり来たりしなければならない時間が多くあった。距離で言えば片道五十キロ、往復で百キロ。極端に遠いわけじゃないが、簡単に行き来できる距離でもない。微妙な距離。まるで僕と父の距離のように。それほど僕と父は仲がよかった訳ではなかったが、少し僕が精神的に鬱になってから、父が心配し美術館の受付の仕事を与えてくれた。でも、父の故郷での生活はなぜか生きている実感がわかなかった。当たり前なのだが、同窓会があればそれは僕自身の故郷でおこなわれるのである。この微妙な父の故郷と僕の故郷の関係は、父と僕との関係に似ている。

親戚での幼少期の僕の立場は、微妙なものであった。ある夏休みの日に、親戚の父の実家に預けられた。子供心ながら何か不自然な、微妙な不安定さ、薄暗い闇の中を過ごしている感覚。父の実家から帰ると母の顔は硬直していた。それ以降、僕は父の親戚とはほとんど関わらせてもらえず、代わりに母の実家によく遊びに行くようになったのであった。

僕は父の事は嫌いではない。極端に父との距離が遠い訳じゃない。でも、すぐ近く手が届く距離でもない。少しずつでいい。近付き、離れ、そしてまた、近付く。そうやって僕は成長していくのだろうと、誰も来ない美術館のカウンターに座りながら、ぼんやりと考えていた。

休日の楽しみ

児玉　淳　　岩手県　四十五歳

最近、やっとカメラを手に入れた。今はやりのマイクロ一眼というタイプのものだ。その存在をネットで知り、デザインのよさと、使い勝手のよさそうな所が気に入り、迷わず予約して購入したのだ。

マイクロ一眼だと、一眼レフでありながらコンパクトということで、カメラを首から下げて歩いてもなんの違和感もない。

実は、カメラを買ったのはこれが初めてではない。普通の、万人向けともいうべきデジタルカメラはすでに持っていて、それで近所の小川や庭先の草花を撮ったりしていたのだが、半年くらい前から写真専門誌に投稿してみようと思い立って、それならばということでマイクロ一眼を手に入れたのだ。

私の住んでいる盛岡は「杜と水の都」と称されている城下町であり中核市だ。

名所としては、鮭の遡上する中津川があり、そこに架けられているものの一つである中の橋のたもとには、旧岩手銀行本店がある。
この旧岩手銀行本店はレンガ造りで、設計したのは東京駅の設計者と同じ方々だそうだ。
その他には、盛岡城跡公園や盛岡地方裁判所の石割桜がある。

盛岡の中心部だけでも、これだけの名所が揃っているのだから被写体には困らない。また、中ノ橋通や紺屋町には古い町並みもみられ、ノスタルジックな気分にさせてくれる。盛岡に住むようになって通算でもう二十年以上になるが、まだまだ知らないことばかりだ。

まずは、新しいカメラに慣れることから始めようと思う。カメラに慣れたら休日には、市の中心部の名所ばかりではなく、バスで少し遠出もしてみよう。思いがけない風景や物に出会ういい機会になるだろう。今から楽しみだ。

街かどライター

藤島　弘子　　岩手県　五十一歳

おいしいもの、きれいなものを探し求めて街へ繰り出すのが大好きな私は、自称「街かどライター」。わが街盛岡は、きれいな川と緑に恵まれた、ほどよい田舎町だ。

盛岡で生まれ、長い間この街に住んでいるが、私が好きなのは、市の中心街を流れる中津川。秋には鮭がのぼり、冬には白鳥が飛来する川は、四季を通じて穏やかな景色を楽しめる。遊歩道で愛犬と戯れる人が長閑《のどか》に映る。

中津川にかかる橋の上から川辺を見渡すと、春から初夏にかけて、忘れな草や紫陽花のあざやかな色合いが、目を楽しませてくれる。秋、鮭が銀色のからだを翻し、つややかに泳ぐ様子に、ふと足を止める。そして冬、白鳥が羽を休める姿や、身を寄せ合う鴨たちの愛らしい仕草には、心が和む。

ゆっくりと町並みを眺めつつも、常にセンサーを作動させ、琴線に触れる出来事をキャッチするのが、街かどライターの心得。必須アイテムは、手帳と四色ボールペンである。

当初はA４サイズの原稿用紙を持ち歩いていたが、かさばるので小さめのリングとじ手帳に変えてみた。すると実に使い勝手がよい。コンパクトなので、行きつけのコーヒーショップでも、手軽に広げられる。また堅めの表紙はバインダー代わりにもなり、テーブルがない所でも効率よく文章や絵が描ける。

四色ボールペンは、目にとまったきれいなもの、おいしいものをスケッチするのに一役買う。盛岡にはオリジナリティ溢れるメニューを提供するお店が多く、四色ボールペンの出番が多い。とりわけ甘味処で活躍する。

ふと立ち寄ったティールームの、ステキなカトラリーやポット、そして道端を彩る草花や小鳥など、心にとまったものたちをスケッチし、文章に添える。携帯電話で撮影すれば早いのだろうが、アナログ人間ゆえに手描きにこだわっている。

ところで先日、一口サイズのかわいいよもぎもちを見つけた。子どもの頃に、自宅前の空き地にあったよもぎを使い、今は亡き母がよもぎ大福を作ってくれたことを思い出し、迷わず購入。懐かしい味わいに、よもぎにまつわる出来事が思い起こされた。

そっと目を閉じると甦ってくるのは、立ち込める湯気の中から香り立つ、独得の香気。摘んだよもぎを茹で上げる母。その傍らで、よもぎの少しくすんだ緑色の束が、母の手で滑らかにすり潰される様子を、じーっと見つめている私。ごく当たり前に空き地に生い茂る若草で、子どもたちのために大福を拵える母の姿は、私にとってふるさとそのものである。

よもぎが群生していた野原には、子どもたちがたくさん訪れた。泥団子を作ってままごとをしたこと。よもぎや草花を集めて花束を作ったこと。男子が空き地でサッカーに興じ、わが家にたびたびゴールしたボールが、かすかによもぎの香りを放っていたこと、など、すべてが私の心の原風景である。

さて、街かどライターの守備範囲は広い。もっとも力を入れているのは、地元の創作家に注目した、展覧会巡り。また食べ歩きや花巡りに加え、子育て支援や福祉など多岐に渡る。日ごろの勉強とフットワークの軽さが欠かせない。視点を変える柔軟性を養い、ワンパターンに陥らないよう心がけている。

自分の住む街なのに、実はよく分かっていなかったという気づきも多い。そこで、まず始めに複眼的思考で、マイホームタウンの魅力に目を向けたい。次に、興味がわいた分野に焦点をあて、とことん掘り下げたい、と思いを新たにしている。地名の由来やルーツを辿り、歴史をひもといて古に思いを馳せるのも楽しい。

さわやかな風が心地よいこれからの季節は、街かどライターにとって書き入れ時だ。催事に足を運んでは感銘を受け、時に襟を正す。そして内なる思いをつづっては発信。さまざまな出会いから呼びさまされるのは、心の奥底にしまっている、ふるさとへの温かな思い。

豊かな自然、おいしい食材、人柄のよさ、そして歴史。どれをとっても誇らしいふるさと。けれどももっとも素晴らしいのは、マイホームタウンがあること。今、ここに住むことができるありがたさを、改めて深く胸に刻みたい。

自分の中にある、心の原風景。それは永遠に生き続ける。マイホームタウンへの温かな思いを紡ぎ、感性を磨く。そして、わが街盛岡に暮らせる喜びを再認識すべく、街かどライターはお気に入りの手帳を手に、今日も取材に励むのである。

ふるさと讃歌

鈴木　五朔　宮城県　八十三歳

わがふるさと白石が、町村合併によって、昭和二十九年白石市となった頃、人口は約五万ぐらいの地方都市であった。

私が幼少の頃、町にはすでに公立の白石幼稚園があった。これは宮城県では、仙台市の公立幼稚園に次いで、県では二番目の公立幼稚園であった。

この幼稚園開園にあたっては、私の祖父がその推進者の一人であった。というのは、祖父は県会議員をつとめたり、町長になったり、公的な職に就くかたわら、自らは製粉工場を経営するという事業家でもあった。

ところで私の父母は、男七人女二人、計九人の子を産んで育てた。男では五番目、通算七番目の子として生まれた私が幼少の頃は、姉二人、弟二人という小さな子どもが家にいて、来客の多かった家で、祖父はうるさい子ども達に、いささか手を焼いていた。そこで、なんとか、子どもを扱う町の設備があったらと思い、自ら何がしかの寄附をして幼稚園を造らせた。

そんなことで、わが白石市は、幼児教育でも先駆的存在であった。

蔵王山系を源とする白石川は、町の北部を流れて、やがて太平洋に注ぐ川である。その白石川から白石の町へ、いくつかの小さな堀を築いて、白石川の水を流している。

その水は雪解けの水でもあり、よく澄んだ水である。そして、町の中心部を東西に流れる沢端川が、鯉を泳がせている。

よそから訪ねて来る人は、その水の清らかさを賞讃する。そして最近は、片倉小十郎ブームに乗って、復元された白石城を見物に多くの人が訪れるようになった。

ところで、町の中は、今はシャッター通りとなり、かつての商店通りも静かさを増している。大手スーパーやコンビニが、商業の中心役を引き受けている。

老人にとっては、歩いて用をたせる町として住みよい町である。人口はもう三万数千に減少し、静かな地方都市となっている。

普通の町でもいいじゃない

佐々木 武　宮城県　三十一歳

平成の大合併により、県下第二の都市となった宮城県登米《とめ》市。私の母方の故郷・津山地区は苦慮の決断の末、吸収合併の道を選んだ。林業と農業が地場産業の小さな町は、昨今の経済情勢により衰退の一途を辿っている。

昨夏、あまたのホタルが乱舞するのを見て心を奪われた。ホタルは日本人の故郷だと言ってもいい。童謡で「ほぅ、ほぅ。ホタルこい」と歌われ続けてきたが、現在を生きる私たちにとってそれは、決して身近な光景ではない。

長野県で自然農法に取り組まれる方から、自分の田んぼにホタルがいなくなったことに気付いてはいたが、それも時の流れの中では、仕方がないことだろうと諦めていた、という話を聞いた。ところが、ある年突如としてホタルが田んぼに戻ってきた。それは長野、そして宮城にも。秘密は水口のマスと呼ばれる部分にあった。数年前、年月を経て老朽化したマスを取り壊した。以前のように石砂利を敷き、クレソンを植えた。そのクレソンを餌とする巻き貝「カワニナ」が住み着くようになった。さらに年をまたぎ、カワニナを餌にするホタルが舞うようになったのだ。それは時を、少し巻き戻したに過ぎない。自然は常に生きているのだ。

幼少期、祖母に「汚くしていると虫が湧く」と言われたが、私には「湧く」という言葉の意味が理解できなかった。しかし、「湧く」力を自然は持っているのだ。今まで、生命の営みの感じられなかった用水から、見事にホタルが湧いたのである。美しい自然を取り戻そうとして大きなことをした訳ではない。以前の環境に向けて、ちょっとだけ時計の針を巻き戻しただけなのだ。その結果、自然は生命を呼び戻すことができたのである。自然保護が叫ばれる今、私たちは自分のできることから始めればいいのだ。そうすれば、自然はその力を取り戻し、私たちとの共生の道を歩み始める。自然は太古からそのあり方を変えてはいないのだろう。私たちが自然に寄り添い共生する生活を考え、自然と共存共栄できればいい。ホタルの復活は、観光や経済のためではない。私たちの生命が連鎖によってのみ繋がれることを知るために大切なことなのだ。

今年もホタルが乱舞する光景を見てみたい。そして今後、私が自然との共生のため何ができるかを模索していきたい。ホタルの光は、自然や生き物との共生にとって希望の灯火であるのだから。

過疎化が進行する我が街は、現実として不便さがあるのは否めない。しかし、それを補うに余りある隣人愛と原風景がある。私はそのことに誇りを抱き続けたい。

野球が大好きな、優しき人たちが住むまち

松本　明　千葉県　五十歳

今から四十年ほど前のことである。私は習志野市立大久保小学校の、六年生だった。当時、生徒は一クラス約四十五名、一年生から六年生まで、各学年六クラスのマンモス校だったと記憶している。

入学式、卒業式、運動会はもちろんのこと、さまざまな学校行事があったはずなのだが、そのほとんどの様子をまったく思い出すことができない。そんな中、夏休みの校内野球大会の、試合へ向けた練習風景だけが、不思議と記憶の片隅に残っているのである。

毎年夏休み中に開催される、地区対抗の野球大会で、私たち藤崎六丁目チームは、いつも初戦敗退していた。今年こそは一勝しようと、近所の原っぱに集まり、五、六年生が中心となって練習していた。すると、すぐ前の家からおじさんが出てきて、

「ピッチャー、今の動きはボークだ」

「サード、もっとランナーを、セカンドへ追いながら挟むんだ」

「セカンド、ショートは、もっとボールを追って、外野とホームの中間に入れ！」

などと指示しながら、いつの間にか原っぱの中に入ってくると、ついにはノックを始めたのだった。自分たちだけで練習するよりは、みんながとても上手くなるような気がしたものだ。その時サードを守っていた私も、ちょっとした特訓を受けている気分にも似て、なんだかうれしくなってきた。

「今日もおじさん来てくれたぞ」

と、気合いを入れた記憶があるので、おそらく二、三日は、野球を教えてもらったに違いない。

その頃このあたりでは、習志野高校が昭和四十二年、五十年と、二度の夏の甲子園優勝を果たし、さらに野球熱を盛り上げていた。銚子商業も、四十九年に優勝しており、千葉県代表が二連覇を成し遂げた当時、千葉は野球王国と呼ばれて、野球少年の私たちは誇らしい気持ちでいっぱいだった。甲子園のテレビ中継では、千葉県代表を夢中で応援し、地元、習志野高の野球部の練習を、友だちと見に行ったものだ。

「すごいなあ!」

「横っ飛びして、ボールをからだに当てて止めたぞ!」

「バックホームの球を後ろに逸らせて、バットでお尻を思いっきり叩かれている!」

などと、そのあまりに激しい練習風景を、たくさんの人たちが、感心して見ていた。

テレビまんがの「巨人の星」が大人気で、主人公と同じ背番号16と、王選手や長島選手と同じ1番、3番のジャイアンツのユニフォームが、あちこちの原っぱに何人もいたことを、よく覚えている。野球はみんなの、大人も子どもも夢中にさせる遊びであり、スポーツだった。学校のクラスの仲間、近所の仲間、会社の同僚……人数も年齢も、そして技術もルールもかなりいい加減で、自由な部分と、ごく真剣な部分が入り混じって、プレーしていた時代と言えるだろう。

お父さん、叔父さん、お兄ちゃん、弟とのキャッチボールは、私と同世代ならば、誰にでも経験があるに違いない。

私の叔父は、昭和三十七年、南関東大会決勝で、ライト方向にホームランを放ち（これがいまだに自慢話に出てくる。難しい外角のボールだったらしい）勝利を呼んで、習志野高四番サードとして、甲子園に出場している。当時はまだ、各県から一校ずつ出場できない時代であった。

「叔父さん、そんなに上手だったの？　練習厳しかったでしょう？」

それには答えもせず、

「兄貴がカメラまで買って、夜行列車で甲子園へ応援に来てくれたんだ。当時中京商がすごく強くて、二対〇で負けたけどな。

学校で合宿して、自分たちの汚い手で料理して、みんなで腹をこわしたこともあったなあ。あんまり苦しくて、さすがにその時は合宿中止になった。今で言う、集団食中毒ってやつだ。学校帰り、友だちん家の店で、手伝ってくれって言われて、コロッケにする芋を、またその汚い手でつぶしたこともあった。たいした食い物もなかったけど、結構平気で楽しくやっていたよ」

父は、高校、大学と、野球部でピッチャーの経験があった。甲子園に出場した叔父に、バッティングを教えたこともあるそうだ。キャッチボールの相手をしてもらうと、シューッと音を立てて、手元でボールが鋭く曲がった。

「すごく曲がったよ！　どうやって投げるの？」

と、弟と大はしゃぎしたことを思い出す。小学校低学年のころで、もちろん、どうやって投げたって、山なりのスローボールしか投げられなかったのだが。

そして私は六年生となった。小学生の野球の練習の中に割り込んで来て、いつの間にか真剣に教えてくれる近所のおじさんがいた。大会当日は、お父さん、お母さん、近所の人たちの熱い声援もあった。

「上手なんだから、落ち着いて！」

「バッター、タイミングは合っているぞ！」

「打てる、打てる！」

「リード、リード、走れ！」

しかし、その甲斐もなく、残念ながら藤崎六丁目チームは、またも初戦敗退であった。

それでも、大会が終われば、各地区から上手な生徒二名位ずつが集められ、大久保小の代表チームが作られた。今度は、市内の小学校対抗戦があるのだ。きのうの敵は今日の友、チームワーク抜群の大久保小は、当時、市内では圧倒的な強さで優勝した。私もそのチームにいたものの、補欠であった。周りには、すごい奴らが何人もいたのだ。彼らはその後、習志野高や、千葉商高などの強豪校へと、野球の道を進んでいった。

現在、その大久保小の週末の校庭は、揃いのユニフォームの子どもたちでいっぱいである。子どもたちの保護者か、ボランティアの方だろうか、数人の大人が、子どもたちをいくつかのグループに分けて指導している。私たちの少年時代のように、同じ背番号が何人もいるということはない。当時とは違い、整然としていて、まるでクラブチームのようだ。

今や盛んなのは、野球だけではない。サッカーも、野球と校庭の使用時間を区切り、一生懸命練習している。こちらも、何人もの大人が指導に当たっている。やはり、いくつかに分かれて、基本練習から試合形式の練習まで、整然と行なわれている。大人たちが、とても熱心に、協力して指導しているのがよくわかる。

学校の先生も、各方面でとても一生懸命である。その中でも、吹奏楽部を紹介しよう。放課後は毎日のように、週末ともなれば朝から、演奏がよく聞こえてくるのだ。窓を開けていると、大久保小方向から、素晴らしい演奏が風に乗って流れてくる。練習は厳しく、まるで中学か高校の部活動のようだ。小学生が、夏休みの炎天下の校庭で、きれいに整列し、難しい部分を何度も何度も精一杯演奏している姿、心打つ旋律に、道行く人も、思わず足を止めてしまう。大久保小、習志野二中、そして習志野高は、トリオで全国大会に出場を果たすという、吹奏楽では全国区の有名校らしい。生徒の頑張りはもちろんだが、先生方の熱心な指導があってこそだと思う。

ところで、ここ習志野市は、北東から南西の東京湾へと、細長く横たわるような地形となっている。そして、東習志野から市の中心部、津田沼を経て東京湾へと十一キロ以上にわたり、ハミングロード（遊歩道）がある。朝夕は、ジョギングや散歩をする人の姿が、あちこちで見かけられる。

このハミングロードは、明治の末から昭和初期にかけて、千葉県のみに存在した鉄道連隊が敷設した、軽便鉄道の名残、跡地である。私が幼少の頃は、まだ線路が部分的に残っていたが、今ではすべて撤去され、桜並木の続く、自転車・歩行者専用道路となっている。

毎年四月に入ると、予定していたかのように咲き乱れる桜のあまりにも見事な風景は、まるで子どもたちの入学式を温かく祝ってくれているかのようだ。

現在のＪＲ津田沼駅から京成大久保駅のあたり一帯には、その鉄道連隊と関連して、かつて広大な軍事用の施設があったらしいが、今ではいくつもの大学や病院、さらには駅前の賑やかな商業施設へと、完全に姿を変えている。軍の面影はまったくないが、やはりあちこちに、たくさんの桜の木があり美しい。

身近にある豊かな自然に目を向けてみると、ここ藤崎の森林公園では、大きな池を色も鮮やかな鯉たちがゆったりと泳いでいる。水面のあちこちで大小の亀が顔を出して浮かんでいたり、日向ぼっこをしたりしている。ここも春には桜が美しいが、初夏は自生しているのであろう藤の花も、また素晴らしい。池のほとりに鬱蒼と茂る樹木にその蔓を這わせ、ちょっと幻想的な光景なのだ。色がごく淡い薄紫なので見過ごされがちだが、なかなかの迫力である。やや遅れて、あやめが色鮮やかな紫色で、地元市民の目を和ませている。このような自然公園が、市内にいくつも点在している。

海岸線をたどれば、谷津の干潟は、多くの野鳥の休息地となっている。市民の、継続的な清掃、たいへんな努力により、今も貴重な美しい姿を保っている。一九八〇年、日本は、世界で二十五番目に、ラムサール条約締約国となった。そして、一九九三年、この湿地は、その条約の登録湿地となった。日本の登録湿地第一号、釧路湿原は、あまりにも有名である。干潟を美しく守ることは、世界中で取り組んでいる、難しくも重要な課題なのだ。

さらに南へと、広大で緑豊かな自然公園、工業団地、住宅地が並行して続く。かつてはここで潮干狩りができ、海苔の生産も行なわれていた埋立地である。時代と共に姿を変え、失った自然も確かに多いが、それでもなんとか残そうという努力がうかがえる。そして、東京湾を静かに望む、市営の霊園が広がる。すぐ脇には、市内でもっとも大きな工場にも見え、巨大な煙突がそびえる建物がある。そこは市のごみ処理施設である。

すぐお隣は千葉市で、巨大な幕張メッセ、高くそびえ林立するオフィスビル群、洒落たホテル、さらには、なんと言っても今やこのあたりでは、ジャイアンツを凌ぐ超人気球団、千葉ロッテマリーンズの本拠地、ＱＶＣマリンフィールドをそこに眺めることができる。

五十年もの間、このまちに住んでいるが、本当に静かで緑豊かな、交通の便もよい、快適な東京のベッドタウンといった感じだ。約十六万人の市民は老若男女、スポーツや文化活動、ボランティア活動にも積極的である。

朝夕の通学時間には、あちこちの横断歩道で、ボランティアの方が黄色い旗を持って立っている。黄色い帽子の子どもたちが、それぞれにカラフルなランドセルをしょって、並んで歩きながら、元気よく挨拶しているのが微笑ましい。

なにより、心優しい人が多いなあ、と感じることがある。それは、津田沼駅前の献血ルームに入るとわかる。血液が不足していると言われている中、私も年に数回は行くが、いつ行っても、たいていその広い献血ルームが、献血希望者で混雑しているのだ。あるとき、そこの問診の先生が、採血前の私の健康状態をチェックしながら、

「藤崎にお住まいですか。私も以前、しばらく住んでいた時があります」

と話しかけてきた。歳は七十を越えているだろう。先生の顔には、なぜか見覚えがあるのだった。問診室に入った時から、なんとなく気になっていたのだが、やっぱりそうだ！

「先生、藤崎にいらっしゃった時、小学生に野球を教えた記憶、ありませんか？」

間違いなく、あの時の原っぱのおじさんであった。世間は狭いと言うが、こんな偶然、奇跡に出会えるまちが、我が愛するまち、習志野市なのである。

進化するわが街

中村　友子　　千葉県　五十五歳

私は千葉県にある生まれ育った街を離れたことがない。私にとってこの街は住みやすくて落ち着く場所だ。恵まれたことに大きな災害にもあわずに暮らしてきた。用事があって都心に出ると、気分が晴れるときもあり、逆に落ち着かなくて、早く地元に帰りたくなるときもある。そんなときに感じるのは、自分にとって育った街は体の芯のような存在になっているという感覚だ。

地元の駅に着くだけでほっとする。この安堵感を覚えるたび、この土地から離れて暮らすことに、とても勇気がいるだろうと実感する。すっかり根を張ってしまったこの街も、長い時間のなかで変化してきた。街の成長の変化は、かつてあった街並みを変え、恒例の行事も様変わりした。住む人達の入れ替わりで街も変化していく。当たり前のことだが、これが意外と寂しい。「昔はよかった」そんな言葉のつぶやきが増えてくる。

昔は盛況だった夏の風物詩、親子三代夏祭り。中心地の繁華街を市長自ら参加して祭りを盛り上げていた。神輿を担ぐ人達もいなせで活気があった。メインストリートを練り歩く華やかな踊りに皆がよいしれた。歩道には祭りならではの屋台が並び、子供も大人も胃袋を満たした。今は、親子三代夏祭りの名こそ残れども、かなり小規模になり神輿の担ぎ手も少なくなった。

昔は賑わっていた商店街。小さな商店が軒を並べ、人が行き交う時期があった。蒸かし饅頭に長い行列ができ繁盛していた。露天商の店が並び、馴染み客が日ごと集い立ち話をしていた。日がな一日、お爺ちゃんやお婆ちゃんは茶菓子をつまみ、お茶を飲みながら寄り合っていた。そんなかつての商店は見事に姿を消し、跡地には大きな区の施設が誕生した。街並みはすっかり衣替えをした。

昔は楽しかった「のみの市」。この名称で年に数回、繁華街に百店舗ほどのいろんな店が集結して店を開いた。せと物、鍋、竹製品、下駄、骨董品、名産品の食品、植木……生活全般の品物がずらりと揃う。出店の商人達の講釈に聞き入るのも楽しみの一つ。今は「のみの市」は若者中心のフリーマーケットに姿を変えた。

街はこの四十年足らずですっかり街の顔を変えた。これから数年先、千葉駅の建替えで街の玄関が大きく変わろうとしている。私が幼い頃の小さな駅を思い返せば、あっという間に巨大都市に変貌をとげた気がする。新しい街に順応しながらも、かつてのように人が行き交った商店街の賑わいが、再び生まれることを願いたい。消えてしまった風景は人の記憶のなかにしか存在しない。再び同じような賑わいを作り出すことは難しい。だから、個人営業の商店が元気であり続けられる街でいてほしい。人が人に何世代にも渡って伝承していく街づくりを続けられれば、進化のなかにも変わらない街のよさを残せると思う。

森の中スタジアムへようこそ

中ノ森　直哉　　千葉県　三十八歳

皆さんは鎌ケ谷市ってご存知でしょうか？

それは千葉県の東葛地区にあるとても小さな自治体で、千葉県のマスコットキャラクター、チーバくんでいうとちょうど頬っぺたの部分にあたる。

僕は三年ほど前、妻と二歳の息子をつれて神奈川からこの地に越してきた。

家の周りは梨畑と林に囲まれていて、まぁのどかな景色と言っていいと思う。近所に住む土地の人たちも親切で、僕らはのんびりと毎日の生活を送っていた。

そんな町に、今年のはじめ異変が起きた。

覚えておられる方も多いと思うが、今年はプロ野球の日本ハムファイターズにスター選手が入団した。ハンカチ王子こと斎藤佑樹選手だ。そして彼が住む事になった二軍のホームタウン「鎌ケ谷スタジアム」が、何を隠そううちの近所にあるのだ。斎藤選手の入寮と同時に、大勢のファンやマスコミが一斉に押しかけた。俗にいう「佑ちゃんフィーバー」である。

あの熱気は今思い出してみても本当にすごかったと思う。自主トレのシーズンともなると取材に訪れたマスコミの数は一層増え、見学者の数もそれに比例して増えていった。たぶん地元の人口よりも多かったんじゃないかな。朝、昼、晩のテレビではそんな様子と共に「鎌ケ谷」の地名が全国放送で流れた。町はにわかに活気づき、音沙汰のなかった友人も急にわが家に遊びに来たりした。テレビの影響ってすごいなあ、とつくづく感じた。このままのペースでいけば、無名だった鎌ケ谷も少しはメジャーになるんじゃないかと真剣に考えたりもした。船橋・市川レベルとまではいかなくとも、せめて印西・白井ぐらいとは肩を並べられるんじゃないか。そんな甘い期待が町を覆っていた。

しかし、そんな思いもオープン戦の開幕と同時に消えていった。一軍と帯同して鎌ケ谷を離れたのは選手だけではなかった。人もマスコミもテレビカメラもいなくなった。町はまた静かになった。まあ考えてみれば当たり前の事なんだけどね。

でも、僕はどちらかと言うと今の静かなスタジアムのほうが好きである。ここでは二軍の試合が開催される。市役所でたまにチケットを配ってたりもするので、そんな時には僕ら家族はスタジアムの外野席へ向かう。天気のいい初夏の日に、芝生が敷きつめられた外野席に寝転んで若い選手たちのプレーを見る。妻の手作りのお弁当を食べ、缶ビールを飲む。四番バッターの打球がフェンスを越える。グローブをつけた野球少年達がホームランボールを追いかける。その少年達を真似して息子もよちよちと追いかける。球場の周りを囲む森から蝉の声が鳴り響く。のんびりとした幸せな時間がそこにはあるのだ。僕はそんな外野席のほうが好きなのである。

周りに何もない山の中に突然現れる野球場。近所の中学生はここを「森の中スタジアム」と呼んでいる。正確には「雑木林と梨畑で囲まれたスタジアム」なんだが、語感がいいので僕も最近はそう呼んでいる。

三月の大震災の日、僕は仕事で東京の品川にいた。そこから車で帰宅するのに六時間以上かかった。幸い早い段階で妻と連絡がつき、家族の安全は確認できたんだけど、それでも帰り道は不安でいっぱいだった。なんとか鎌ケ谷まで到着すると、木々の隙間からスタジアムの照明が見えた。点検のためなのかナイター用照明の一部が点灯していた。その光は僕を少しだけほっとさせた。焦らなくても大丈夫。もうあと少しで家に着くんだ。僕は自分に言い聞かせるようにはやる気持ちを抑えた。

震災から三か月が経ち、世間は少しずつ落ち着きをとり戻している。プロ野球もシーズンが開幕し、斎藤選手は一軍で活躍している。たまに二軍落ちして鎌ケ谷に来ているみたいだけれど、以前のような大騒ぎは、もう、ない。

東北の被災地ではいまだ復興とは程遠い状態である。地元に戻れず避難生活を続けている人も多い。僕がスタジアムで過ごすのんびりした時間が好きだったように、誰にでも自分だけのお気に入りの場所（時間）があるはずである。でも、それが一瞬で消滅する事は現実に起こりうる事なのだ。今回の震災はそれを証明してしまった。もちろん悲しい事だと思う。だがその悲しさの深さ、というか、悲しみの本質というのはなくした本人でなければわからないし、僕はどうこう言える立場ではない。ただ、僕は今回の出来事から、自分にとって本当に大切なものについて考えるようになった。考えなければいけないような気がした。

僕は自分が住む町にある、この森の中スタジアムの外野席で、家族と過ごす時間が、なによりも大好きなのだ。

わが街日野

田村 余里古　東京都　六十四歳

立日橋《たっぴ》の名のひびきが好き。

この橋を渡る時いつも、ごらんあれが竜飛岬北のはずれとぉ♪、と石川さゆりの歌が口をついて出る。

あちらは竜が飛ぶのであり、こちらは、立川市と日野市をつなぐ橋で立日。

この、なぁんも考えてない風にポコッとつけられた名というのが好ましい。

この橋のあたりに江戸の昔は、日野の渡しがあり、鮎漁が盛んで、「鮎の押し鮨」を出す茶店があったそう。

今は、日野側橋詰におうどん屋さんがあり、川の中をのぞくと、汀《みぎわ》に真鯉がうようよ口をパクパクしている。

旧甲州街道は、JR中央線に沿うように、日野市の北西部を東から西へ通り、やがて旅籠が二十軒あったという日野宿に至る。

その日野宿の中ほどに日野宿本陣があり、今も江戸の面影を残している。

門の左手、今、駐車場になっているあたりに、近藤勇が四代目宗家であった天然理心流の道場があり、ここで沖田総司や土方歳三が剣の腕を磨いた。

近藤勇らが京へのぼって行ったお地蔵様のある旧甲州街道は、中央線でいったん断ち切られ、まわり道をして日野台高校前を通る旧道へ続く。

京都の日の岡、神奈川の権太坂を思わせる急坂を越し、現在、日野自動車、コニカミノルタの工場のあるあたりは、その当時、高倉原と呼ばれる広大な原野であったという。

その中を一直線に旧甲州街道は八王子に向かって延びている。

コニカミノルタ、日野自動車の敷地内、多摩平緑地公園、テイジンの敷地、トッパンムーアの敷地に残る緑陰に、高倉原の昔を垣間見る心地がする。

日野市は多摩川をへだてて、立川・国立・府中の各市と隣接し、真ん中を南北に支流の浅川が流れている。

市の北部をJR中央線と新旧甲州街道が走り、浅川を見おろして多摩モノレールが南側を通る。

東京、横浜へ一時間、二時間で南アルプスの麓に着く。

晴れた日は西の空に富士山がくっきりと見え、秋には長十郎梨が実り、多摩川の河川敷は四季を問わず、市民の格好の憩いの場である。

一の谷の合戦で活躍した平山季重の城跡近くから最近温泉も湧き、買い物の便も、地盤の堅さも申し分ない。

ゴミ袋が高いこと〈大八百円〉は日本一だそうだが、それもよし。

多摩川に年々鮎の影も濃くなり、木陰があちこちにあり、図書館の裏や公園の中で清水が湧いていたりするこの街が気に入っている。

浅草寺

山屋　真美　　埼玉県　十七歳

浅草寺を「あさくさでら」ではなく「せんそうじ」と読むことを知ったのは、私が大人になってからだった。

だって、松井さんは電話で、

「あさくさでらで待ちあわせね」

と言ったから。

松井さんは私のすべてを知っていたから、松井さんはこの世のすべてを知っていると勝手に思っていた。


その頃まだ中学生の私に、松井さんは大人として、友達として、一人の人間として向き合ってくれた。

年齢や性別など、なにも教えあわなかった私達は、インターネットの世界で出会い電話やメールで人生を励ましあった。いや、私が一方的に励まされた。

なんでも相談できる松井さんを私は心のどこかで気になりだし、その気持ちは恋愛ではなく尊敬へ変わった。こんな大人になりたいと。

そんな松井さんと初めて会った浅草寺。

懐かしさを感じる建物。たくさんの観光客。すべてが輝いて見えて、自分が少し恥ずかしかった。

まだ幼い私にコーラをおごってくれて、初めて直接会話をした。

これから私はどんな人生を送るのか。どうすれば私はいい大人になれるのか。

「中学生」ではなく、「一人の女性」として難しい話をたくさんしてくれた。松井さんが言った言葉は他の大人が発する安っぽい単語とは違った。だから自然と特別な尊敬へと変わっていく。

仕事があるからと、会って三時間もしない間に私達は別れた。

「今日はありがとうございました」

なんて言った私に、

「ありがとう」

と手を振って横断歩道を渡っていく。

さようならでも、またねでもなく「ありがとう」と。

松井さんの言葉は生きている。
松井さんの言葉は私を生かしてくれる。

あれから何年が経ちましたか?
お元気ですか?
私は悩んだ時、落ち込んだ時、一人浅草寺へ向かいます。
夜八時の浅草寺は、午前二時のような静かさでわざと音楽プレイヤーを停止させます。

また会いましょう。
あの時と同じ浅草寺で。
あの時よりも成長した私を見てください。

東京の田舎育ち

原田　謹家　　神奈川県　六十二歳

私は現在、金沢文庫や金沢八景で少しは名の知られている横浜の金沢区に住んでいますが、マイ・ホームタウン（田舎）は東京の大田区です。大田区と聞いて思いつくのは、「ビッグバード」と呼ばれている羽田国際空港や超高級住宅街の田園調布、そして大森と蒲田間にたくさんある中小企業の工場地帯です。

大森区と蒲田区が合併してできたのが大田区です。だから大田の大に「、」は入りません。太田ではないのです。

私が生まれたのは、それらの場所の狭間にある馬込という所です。あえて何かないものかと考えると、三島由紀夫や宇野千代が愛し暮らした馬込文士村ですかね。そう、東京の中の村だったのです。

今では考えられないような原っぱや畑がたくさんあり、住宅街は未舗装で土や砂利の道路があちらこちらにありました。申し訳のようにされたアスファルト舗装は、道路の端に砂利や泥がむき出しのままでした。道路の両側にある蓋のない小さなドブに、子供たちは靴や服が濡れるのも気にせずに入り、おたまじゃくしやザリガニを捕まえて遊んでいました。夕方になると、近くのお風呂屋さんの下水溝から流れ出る湯気が、モクモクとまるで温泉地みたいで、温かく幸せな気分でしゃがみ込んでいました。近くには未開の藪や林もあり、枯れ枝を集めて秘密基地を作るジャングルごっこや、土を掘られただけの防空壕跡を利用して、古代人ごっこをして真っ暗になるまで遊んでいました。また貨物鉄道専用路線もあり、勝手に立ち入ることのできる路線の上に釘を置き、貨車通過後の車輪に潰された釘を磨いてナイフを作るという無謀な事もしていました。自由と自然の豊富な環境でした。

私が学生や社会人になり地方で暮らすようになると、周囲の仲間達は私を日本の中心、東京生まれのボンボンとして、一目を置いて接してくれました。母親の家系だけで考えれば歴代の江戸っ子ですが、父親の家系は愛知県ですので似非江戸っ子です。東京タワー、新宿渋谷池袋、そして、新幹線が発着する東京駅。日本で一番高い場所にある駅だそうです。東京駅から発車する路線のすべてが下り電車だからだそうです。

東京は政治も商業もすべての中心です。でも大田区馬込は、そんな東京の外れにあるのです。すぐ近くにある多摩川という一級河川を渡れば、そこはもう神奈川県です。そう、今住んでいる横浜のある神奈川県です。もともとこの地で暮らしていた人には当然理解できる立地なのですが、一歩も二歩も離れた地域で暮らしていた仲間達は同じ場所だと思っていたようです。標準語をスラスラと話し、ファッションも最先端をいき、身のこなしもスマートなのだと思い込んでしまうのです。下手をすると私に対して敬語を使う仲間までいました。飛んでも八分、歩いて十二分？　大田区馬込は、全国どこにでもある自由で自然の豊富な場所なのです。

学生寮にいた時に仲よくなった友人が私に「お前は東京の田舎もんだよな」と言いました。私は仲よしだったので「お前こそ本当の田舎もんだぞ」って言い返してしまい、今でも申し訳なく思っています。大田区馬込は私が生まれ育った大好きなマイ・ホームタウン（田舎）です。田舎という言葉には変なイメージがあるのでしょうか？　意味があいまいな横文字、マイ・ホームタウンならよかったのかもしれません。

いろいろな場面で、よく聞かれる事があります。あなたの田舎はどこですか？　盆正月には田舎に帰りますか？　田舎がないから東京砂漠で暮らすのですね？　冷たいビルばかりの街ですよね？　東京は。

そうかもしれません。東京は新しいもので溢れ、昔の素晴らしいものが、どんどんなくなっています。英会話学校の先生が日本で好きな場所として選んだ中に、東京はありませんでした。フェイクタウンだそうです。綺麗で便利ですけどね、とつけ加えてくれたので安心しました。

やっぱり私は大田区馬込が大好きです。なんて言ったって私が生まれ育った場所ですから。

時代がどんどん変わっていくように、大田区馬込も変わってしまいましたが、ぶらり散歩をしてみると、なんとなく昔を思い出させる風が流れています。

心に故郷を

未来　三重県　三十六歳

三重県にある、人口四万五千人程のとある田舎町。ここが私のホームタウンだ。

小学校、中学校、高校と市内の学校に通った。ここで見る物、聞く物が毎日のすべてで、その環境が当たり前だと思っていた私は、大学で名古屋に出、就職で東京、留学とワーキングホリデーで海外を経験し、外の世界の広さを知った。

うつ病を患って地元に戻った私だったが、回復するにつれ息苦しくなり、ここを出たくてたまらなくなった。すべてにおいて狭い世界から抜け出したかった。

東京はここでは得られない、いろんな情報やチャンスに溢れていて、多様な生き方が受け入れられるところだということを改めて実感し、憧れるようになった。

そういう想いが心の中にくすぶり始めた頃、東京で一人暮らしをしている兄が突然倒れ、救急車で運ばれた。心配した母が地元に連れ帰って、しばらく名古屋の病院に入院することになった。何度か検査をしたが原因が分からず、疑わしい心臓の欠陥が、将来万が一悪影響を及ぼした時の対策として、小型のＡＥＤを埋め込む手術をすることになった。電子レンジを使うことも避けなければならないなどいろいろな制約つきの、身体障碍者になるという。

母と兄と相談した結果、皆で東京に移住しようという話が持ち上がった。突然のことに驚きながらも、新しい生活への希望と興奮は抑えられなかった。あくまでも仮定の話で、現実になるかどうかも分からないのに、いきなり一人で東京へ出て仕事を探すなんて雲をつかむような話……と母は反対したが、私は思い切って仕事を辞め、上京することにした。

久しぶりの東京は、刺激的だった。新しい建物やアトラクションが増え、イベントなどもあちこちで開催されている。友達もどこか都会的で、すれ違う人達も洗練されている気がする。仕事の量も幅も、想像以上に広がった。ショッピングに迷うほどのお店の数、疲れたら選び放題のオシャレなカフェ。私は都会生活を満喫しながら新しい生活を楽しんだ。

お正月に久しぶりに帰省した。祖母に会い、飼い犬の散歩をしながら自然を眺め、雪景色を楽しんだ。広い座敷でくつろぎ、地元の神社に初詣に出かけた。同級生の友人と食事をして近況を話し合い、短期間の滞在を十分に楽しんだ。

帰る前日、叔父と叔母が訪ねて来た。一緒に訪ねて来ることは珍しいので、不思議に思った。挨拶に行った母が戻ってこないのでまさかと思ったが、祖母の今後の介護についての話し合いだった。

父親が亡くなってからも、母は今までと変わらず祖母の面倒を看続けた。叔母は、家が狭く介護に適さないことと、夫への遠慮を理由に、祖母を引き取ることはできないと母に釘を刺していた。母は、お墓や仏壇のこともあるうえ、祖母を預けられない以上、東京行きは諦めるしかないと落胆していた。

ところがここにきて、風向きが変わり始めた。以前から母のことを気にかけていた叔父が、叔母を説得したようだ。東京に引っ越すことも了解してくれたらしく、母はやっぱり行けるかもしれないと私に言った。

家族で移住という計画が俄然現実味を帯びてきて、嬉しい気持ちが湧いてきたが、同時にどこか違和感を覚えた。何かが私の気持ちを暗くしている、それは何なのかと探っているうちにハッと気がついた。叔母がここに住むということは、東京の家が私の実家になるということだ。帰省しようと帰る田舎の家はもうなくなるということだ。

その時、これまで自分が育った場所を、過ごした時間を、初めて振り返って考えた。校外実習で、小学生だけで野菜を作った、地区農園。三十分に一本しかない電車。雪で動けなくなって、自転車を押しながら通った、通学路。桜でいっぱいになる並木道。次から次へと溢れてくる思い出と、湧き上がってくる故郷への想いに、私はしばらく身を任せた。

今まで帰省が楽しかったのは、帰るところがあったからなんだ。懐かしくて温かい、私の故郷が待っていてくれたからなんだ。なぜこんな当たり前のことに今まで気がつかなかったのか。人間とは、大切な物を失くすまで、その価値に気づかないものだと改めて思った。

しかし、何もかも手に入れることはできない。後悔しないよう、自分の心の赴くままに進もう。心に私の故郷を刻んで。

小田原の風

鶴田 智子　　神奈川県　五十七歳

ここは城下町小田原、城山に登ると眼下に小田原城、その先に広がる青い海原。まさに風光明媚な絵ハガキのような町で三人の小学生は、明るく、しっかり生きていた。

家の前のおせんべいやさんは、家族四人で仲よく協力し合っておせんべいを作って売っているお店だ。一枚ずつでも売ってくれて、おやつにするにはとてもよかった。

「おせんべください」と言ってガラガラッと戸を開けると「いらっしゃーい」と声がして、土間の奥のほうからまねき猫みたいなやさしいおばさんが出てきて、「どれがいいの？」と聞いて売ってくれる。その頃には珍しい二階建ての家で、一階がお店、二階が住まいだったように覚えている。いつも屋上には焼く前の丸や角のおせんべいの生地が干してあった。

その日もそうだった。私は友だちと家の前の道で縄飛びをして遊んでいた。そこへ突然強い風が吹いてきて、私たちはスカートが捲れて大騒ぎしていた。すると上から何か落ちてくる。カサッカサ、カラカラそんな音がして、見るとおせんべいが降ってきていた。「たいへんだ!!」遊んでいた三人は夢中になって拾った。「汚れちゃう!」「泥がついちゃうよ」それぞれに言いながら、ただひたすら拾った。すぐに両手がいっぱいになり、三人のうちの誰かが「そうだ!　スカート!!」と言ってスカートの端を持ち、袋のようにしてその中へ入れた。

その頃、おじさんとおばさんがおせんべいが飛んだことに気づいて、あわてて走ってきた。「あんたたち拾ってくれてたんだ!!　助かったよ、ありがとう」そう言って一緒に拾い、無事に全部拾い終わるとおじさんたちは帰っていった。私たちは、また三人で遊んでいた。そこへ、帰ったはずのおばさんがやって来て、

「さっきは本当にありがとう。みんなが夢中で拾ってくれて、すごく助かったし、おばさんすごくうれしかった。これ食べてよ、おやつ代りに」

そう言って、それぞれにおせんべいの入った袋を渡してくれた。〝私たち、おせんべいが欲しくて拾ったわけじゃないのに〟誰も口に出さなかったが、三人とも同じことを思っていた。誰も手をださないのを見ておばさんは、

「あんたたちの人を思うやさしい気持ちがうれしかったし、偉いなあと思ったからもらってよ」

そう言われ、私たちはお礼を言ってもらった。

家へ持ち帰り夕方になり、かあさんが仕事から帰ってきて話すと、

「そりゃいい事をしたね。三人とも偉いよ」

とニコニコしながら話をつづけた。

「でもせんべいやさん、かえって大変だったね」

「えっ？　どうして？　おばさん助かったって喜んでたよ」

「だけどね、考えてごらん。一度泥がついたり、汚れたものを焼いて売る訳にはいかないだろう。あんたたちが遊んでいたのを急いでやめて、夢中でおせんべいを拾い集めて届けてくれたことが、うーんと嬉しかったんだよ」

そう言われて心の中で〝じゃあんまり助けたことにならないか、困っていたら周りが助けなければいけないと思ってしたのに〟と思った。そのあといろんなことが浮かんだ。また、三人で話した。やっぱり何があっても人が喜ぶことをしていこうということと、自分たちらしく正しいことを正しいと言える中学生になろうと、誓い合った。

こんなことを何十年たった今でも小田原のお堀端を歩いたり、御幸の浜の海を見ては昨日のことのように思い出す。これは小田原に吹く風が、小田原の空気が、いつも優しく私を受け入れてくれているからだと思う。

鶴見川のタヌキ

山本　ハナ　　神奈川県　二十五歳

鶴見川は、東京町田、横浜、川崎を横断する一級河川である。私が住んでいるのは、比較的上流域で、まだ生活排水による汚れもそれほどひどくはなく、鯉やドジョウ、カモや時にはシラサギなどの水鳥で賑わう川である。そんな鶴見川には、化けタヌキが出るという伝説がある。私が初めてその伝説を耳にしたのは小学校で、いわゆる学校の「怪談」でだった。身近な地名の入ったその話は、子ども心に怖ろしく、家に帰ってからすぐ祖母に報告したところ、「キツネは人の前に立って、手を引いていくからまだいいけど、タヌキは人のうしろに回って、背を押していくから、止まれない。化かされると大変だよ」と言われ、余計怖くなったのを覚えている。

私は勤めが早朝から昼過ぎまでなので、毎日帰ってから犬の散歩に行くのを日課にしている。毎夕、鶴見川沿いの土手を歩く。鶴見川の春夏秋冬を見てきた。

春の鶴見川には、梅と桜が同時に見られるというまれな鑑賞ポイントがある。遅咲きの梅が香り高く満開になったころ、早咲きの桜がちらほらと咲き始めるのだ。白い梅と白桜。

重厚な白一色のハーモニーが味わえる。その荘厳さはどこかバロック期のミサ曲を連想させる。その後、オオイヌノフグリやシロツメクサなどの小さな野の花たちが群れを作って、複雑な和音を奏でる。花の盛りが層をなしておとずれる様子は、一つのテーマが繰り返されるパッヘルベルのカノンのようだ。青々とした草がぐんぐん土手の道にはり出してくると、蝉の合唱が始まる。レッドカーペットさながらの黄金の落ち葉の絨毯を踏みしめると、秋だ。冬には一面のススキが河原を蔽う。煙のようなススキで輪郭があいまいになった対岸はまるでターナーの風景画のようだ。

さて、そんな鶴見川で、私がタヌキに出会った話をしよう。

風に秋の匂いが混じり始めた、風の強い日の出来事だった。いつものように河原を犬と歩いていると、私が歩く先に、長髪を後ろで束ねた長身の若い男の人の姿があった。後ろで束ねた長髪といい、穴の開いたジーンズといい、いかにも今風の、いうならば「チャラい」感じの男だ。他に通行人もいない河原、私一人、もとい、私と犬の一人と一匹だ。少し警戒して、早足ですれちがおうとした。

「山中さん」思ったより低くよく響く声で声をかけられる。

「オレ、小島だよ。山中ヨシノさんでしょう?」

振り向いて男の顔をまじまじと見ると、短くまつ毛のそろった眼に、どこか見覚えのあるような気もする。

「あっ！　小島くんっ」

小学五年生の時に同じクラスの、斜め後ろの席に座っていた小島君だ。残念ながら、下の名前までは思い出せない。掃除の班が一緒だった。ベランダ掃除の時、私が持っていた大きな鉢植えを、何も言わずにかわりに運んでくれたことを覚えている。足が速いとか、女子に人気があるとか、そんな風な派手な子ではなかった。それなのに、働き盛りの若い男が、長髪にジーンズという格好で夕方五時過ぎに河原を歩いているなんて、あやしすぎる。

「お父さん、印刷屋さんだったよね。そう言えば、私ももうすぐ年賀状、刷らなくちゃ」

なんとか記憶をたどってそれとなくヤマをかけてみる。

彼が答える。

「去年、父は引退したんだ。店は、オレとオレの大学の同級生がアートギャラリーにして使ってる。少しも売れないけどね」

ボンボンめ！　心の中で小さく苦笑する。私が毎日コツコツサラリーマンしているうちに！　しかし、前衛芸術とかアクションペインティングとか、私には初めて聞く言葉が次々飛びだす時、彼の眼が生き生きと輝いているのが、少し羨ましい気もした。

その時だった。一陣の北風が私と彼の間を通り抜けた。続いて、「クシャン」と犬が小さなくしゃみをした。

「あはは」

彼が笑った。思わず、という感じで、顔をくしゃくしゃにして。まつ毛のきれいにそろった眼が線になった。

風がきらきらした。なぜか心臓の音が聞こえた。ばくんばくんと体の内側で脈打つ。

「タヌキに化かされると、止まれないから怖いよ」

なぜか、祖母の言葉を思い出す。

きっと、ここから始まる私の想いはもうあとには戻れないのだろう。

これが、私が先日出会ったタヌキの話である。

ぼくとマラソンとお地蔵さん

壬生浪　新潟県　五十二歳

晴天の秋空の下、新潟市陸上競技場に収まりきれない九千人のランナーが、号砲一発いっせいにスタートした。

市内中心部に完全な交通規制を敷いてのこの規模のマラソン大会は、新潟市では今回が初めてのことだ。

縁あって視覚障害者川口さんの伴走で十キロコースにぼくも参加することになった。

「帰って来たぞ～」

心の中でぼくはそっと叫んだ。

膝の故障やら諸々の事情で、十数年ぶりとなったマラソン大会参加の高揚感が、ブラインドランナーの伴走を初めて経験するぼくの緊張感を吹き飛ばしてくれる。

ランナーの大きな集団は、陸上競技場のゲートを抜け、白山公園脇を通り、海の匂いの漂う信濃川に架かる万代橋を渡ると川沿いに市内をしばらく走ったあと、再びスタート地点近くで十キロコースのゴールとなる。

沿道の切れ目のない応援の中、車のいない道路の真ん中を走る気分は爽快。カラフルなウェアをまとったさまざまな年代のランナーが、同じ目的地を目指して走るなんとも贅沢な時間。

左右前後のランナーと接触しないように注意しながらの、川口さんとの一時間があっという間に過ぎる。

「お疲れ様でした。伴走ありがとうございました～」

明るい声で、ゴールテープを切ったあとに、握手を求める川口さんの汗のにじんだ右手をぼくは、しっかりと握り返した。

そんな川口さんの満面の笑みを、

「どこかで見たことがある」

漠然と感じたその時の印象を、ゴール地点での喧騒の中に、その時はそのまま埋没させてしまった。

ぼくが、砂浜の海岸まで数百メートル、その海岸線沿いに南北に延びる杉の木の林道のすぐそばのアパートで、一人暮らしを始めてからもうすぐ二年。

家族との不和から、生まれ育った土地を離れ、四半世紀も前にウィンドサーフィンで遊んでいた海のすぐそばに越してきた。新潟駅からおよそ十キロほど離れたこの土地で、よもや暮らすことになるとは当時のぼくに想像ができたはずもない。

記憶の中のひなびた海岸道路はすっかり整備され、その道路に沿うように松の木が生い茂り、散歩やジョギング向きの林道をすぐに発見することができた。

林道の散歩と海岸で夕日を眺めることが日課となった。

波と木々のざわめきが、傷心から生きる気力を失いかけていたぼくを、なぐさめてくれた。ある時は林道の切り株に腰を下ろし、あるときは海岸の砂浜で、一人たたずみ、ただただ心地よい音に耳を傾けた。

五体のお地蔵さんの収められている祠を見つけたのは、数度の散歩で林道の奥へと進んで、まもなくだった。

何度か訪れるうちに、自分の人生に幕を下ろそうと決心したならば、この祠の裏手でひっそりと、とまで考えるようになった。

「なんのために、誰のために自分は生きているのだろうか?」

お参りのたびにお地蔵さんたちに問うたことも、一度や二度ではない。

もちろんその問いに答えてくれるはずもないお地蔵さんの永遠の微笑みに会うために、ぼくは毎日のように林道の奥へと足をむけた。


そして迎えた二度目のマラソン大会。


ぼくは前回と同様、川口さんの伴走を終え、同じ「新潟視覚障がい者ランニングクラブ☆きづな」に所属するブラインドランナー五人とその伴走の役目を終えた仲間たちとゴールで顔をあわせた。

そして互いの健闘を称えあい、伴走をしてくれたそれぞれの相手に感謝の気持ちを伝えるブラインドランナーと、それに応える皆の笑顔の中に、ぼくは、あの祠のお地蔵さんたちの微笑みを見た。

あのお地蔵さんと同じ笑顔がぼくの前に立っていた。

伴走し、伴走された仲間たちの汗と笑いの渦の中で、

「ああ、ぼくを必要としてくれている人がいる。ぼくは確かに生かされている」

その時、そう悟った。

「この街で、ぼくを必要としてくれるこの仲間たちと一緒に暮らしていこう」

そう決めた瞬間だった。

私の第二のふるさと新潟市

中村　敏和　　千葉県　七十八歳

私は、いわゆる転勤族であって、千葉市、松戸市、八日市場市、木更津市、さいたま市、足利市、そして、新潟市と各地を転々とした。その中で最後に住んだ新潟市は他と違って毎日新しい刺激があり、明るく楽しい生活を送った。

新潟市は、新潟県で最大の都市にふさわしく、道路がよく整備されているし、また、商店街もきれいである。まちの北部は、きれいな日本海に面しており、日本一の大河、信濃川が注いでいる。

白山神社、護國神社の森など緑も多く、風光明媚であり他の諸都市と比し決して遜色がない。

また、新潟は、酒と魚、そして米がおいしいと言われているが、まったくそのとおりである。

人情も豊かで温和な人が多く（とくに男性がおとなしい）、また親切である。

教育、文化のレベルも高い。

市内では、いつも、さまざまな催しが開かれていて、単身赴任者であっても休日に退屈することはない。

地域の執筆活動も盛んであって、新潟の歴史や風俗、政治等についての資料にはこと欠かない。

テレビ局は四つもあり、全国はもちろん、新潟の大小のニュースをいながらにして詳しく知ることができる。地元紙も面白くユニークである。

交通の便も非常によい。東京まで新幹線でわずか一時間半で結ばれている。高速バスも何本も出ている。まちは活気にあふれていて、行き交う人は、みな生き生きとしている。

このようなすばらしい地方都市が他のどこにあるだろうか。私は定年退職前の二年間、新潟に住み、さまざまの人と出会い勉強させてもらい、またさまざまの地域を見学して見識を広められたことに大変感謝している。私の第二のふるさと、新潟市のますますの発展を祈って筆をおく。

心のふるさと春日居町

大和久　恵美子　山梨県　五十二歳

私の出身地は、山梨県笛吹《ふえふき》市春日居《かすがい》町である。昔は、山梨県東山梨郡春日居村と呼ばれていた。私が小学生の頃、春日居村から春日居町となり、その後、いくつかの町村が合併して、東山梨郡から笛吹市に変わった。一級河川の笛吹川が流れているから、そう名付けられたのであろう。

遥か昔、若き青年の藤原権三郎《ふじわらごんざぶろう》が母親と子酉《ねとり》川の上流の村に住んでいたのだが、川の大洪水によって、母親は川に流され、悲しんだ権三郎は笛を吹きながら母親を捜し歩いたという話が伝えられている。その後、権三郎は、足をすべらせて、自らも川に落ちて死んでしまったとのことだが、月の出る夜には、笛の声が川の中から聞こえたらしい。のちに、子酉川は笛吹川と呼ばれるようになったとのことだ。藤原権三郎もいつのまにか、笛吹権三郎と言われるようになり、銅像が笛吹川のそばに建立されている。

私は、家から歩いて八分ほどかかる春日居小学校に通った。家の横の道は学校道と言われ、そのまままっすぐ行けば小学校に着く。四年生までは、明治時代に建てられた古い木造校舎で学んだ。体育館はなく、講堂があった。講堂で朝礼やとび箱、マット運動などの体育の授業が行われた。講堂には、歴代の校長先生の顔写真がずらりと飾られてあった。そのうち、木造校舎は取り壊され、五年生になると、鉄筋コンクリートの新校舎で学び始めた。講堂はしばらくあったのだが、取り壊されてしまった。ただ唯一救われることは、小学校卒業記念として、子供と保護者が協力して、校庭の片隅に池を作って鯉を放ったことだ。『友情の池』として、今なお健在である。

私の通った中学校は、当時坂下中学校と呼ばれ、小学校の真向かいにあり、グラウンドを共有していた。やはり校舎の老朽化ということで取り壊され、新しい中学校は春日居中学校と名付けられ、場所は石和《いさわ》町に近い所に移った。自分が過ごした学び舎が次々となくなってしまうことは、とても寂しいことだが、時代の流れには逆らえないのかもしれない。

私は学校からの帰り道、目の前にどんとある兜山《かぶと》を見て、想像を膨らませた。兜山とそれに連なる山々を総合的に見ると、胸の豊満な女性が仰向けになっているように見えるのだ。子供心に、いつかその女性が起き上がるのではないかと思ったものだ。

私が小学生の頃、父は言った。

「昔、ふと山の端を見ると、オレンジ色の炎が見えて、そりゃあきれいだったよ。きっときつねの御祝言をやっていたんだよ」

「御祝言って、何?」

「きつねの結婚式ということかな」

「へー!」

いまだにどういうことなのかわからない。

また、母は言った。

「おとうちゃんと結婚した頃、駅を降りて家に向かう途中、目の前に山があるから、なんか暗い所にお嫁に来てしまったなと思ったものだよ。不思議なこともあったよ。家に入ろうと思うんだけど、なぜか家の周りをぐるぐると何回も回ってしまったことがあったよ。あれは、きっときつねの仕業だったかもしれない」

「へえー、そんなことがあったんだ……」

私は、まだ一度もきつねを見たことがないが、昔はきつねがいて、人々の生活に何かしら関わっていたのだろうか。きつねにばかされたと言われるように、人間ときつねとの距離が近かったのだろうか。

県外に就職し、久しぶりに実家に帰ろうと、中央線に乗り、いくつものトンネルを通り抜け、勝沼ぶどう郷駅に差しかかる。目の前に甲府盆地がぱっと広がり、ぶどう棚が見えると、思わず目を凝らしてしまう。石和温泉駅の手前の春日居町駅に近づくにつれ、桃の花が見事に一面に咲いているのを見ると、まるで桃色じゅうたんがサーッと敷かれたようで、歓声をあげたくなる。こんなに桃の花って、きれいだったのかなと改めて実感した。

桃の花の色は、桜の花より濃いピンクだ。

果実の桃は全国的に有名になり、東京のどこかのパーラーでは、『かすがい』という名のデザートを提供していることをテレビで知った。確かに、春日居の桃は甘くておいしい。

春日居郷土館には、小川正子記念館といって、正子が生前暮らしていた家を復元し、人形で作られた正子が小鳥と戯れているほほえましい光景を目にすることができる。正子はハンセン病患者の救済活動に尽くした医師であり、映画『小島の春』の原作ともなる手記を著した人でもある。昔は、ハンセン病は人々に怖れられていたのだが、正子はあえて患者と向き合った。しかし、四十一歳という若さで亡くなってしまうのだが、自分の意志を生涯貫き通す人がいたということは、同じ春日居町の出身として、同じ女性として尊敬せずにはいられない。

春日居町は、童謡の聞こえるふるさとを目指しているとのことだが、なるほど、どこからか何か聞こえてきそうな感じのする町だ。

昔の学校道は道幅が狭く、さほど車が通らなかったので、近所の友達といろいろな遊びをした。たくさん遊び、辺りは暗くなり、ふと空を見ると、夕焼けがきれいだったのを覚えている。今は、道幅が広くなり、車の交通量が増え、遊ぶことはもはやできないが、春日居町はまだまだ田舎である。町と言われても、どこか村っぽい。そこがいいのかもしれない。

私が小学生の頃、桃の花の咲く時期に、母は太巻ずしやフルーツの入った寒天などのごちそうを重箱に入れてくれて、近所の友達と兜山に遊びに行ったものだった。山でのお弁当は、格別おいしかった。

お月見の十五夜さんの日の夕方、

「恵美子、すすきを取りに行ってきて！」

と母に言われると、兜山に近い平等川という川の土手に生えているすすきを取ってきた。

私のことを知っているおじさんやおばさんたちは、会うたびに、

「恵美子ちゃん」

と声をかけてくれ、温かく接してくれた。

両親はすでに亡くなっていて、寂しいことは寂しいが、温かい人たちに見守られて育ったことが心の財産である。

そんな春日居町を、これからも愛してやまないだろう。

ふるさとから〝黒船〟に乗って

ミッキー　カオス　　静岡県　六十七歳

海外駐在三年目の休暇で、一時帰国をする前だったと思う。マレー半島の古都・マラッカを訪れた。かつて、ポルトガルのフランシスコ・ザビエルが、キリスト教という文化を東アジアに広げていくための起点となったところだ。海峡を望む、小高い丘に立ったとき、中学生の頃港を見下ろすミカン畑の丘から同じような視線で、海を見ていた自分を思い出した。

ペリー艦隊、いわゆる黒船がアメリカから来航したのは一八五三年のことだ。それは鎖国日本がはじめて外国に門戸を開いた出来事として、よく知られている。幕府はまず伊豆半島の南端に位置する、下田を開港した。その後、ここで日米和親条約（下田条約）が締結され、下田は日本で初めて外国人が自由に歩ける町となった。アメリカ人は町民とそここで交流したという。当時のその様子はユーモラスな絵などで、現代にも伝えられている。日米の異文化交流の歴史は、下田から始まったわけである。

この下田がぼくのふるさとだ。温暖な気候に恵まれ、海・山・温泉も楽しめるという好条件が重なり、昔から多くの人が訪れた。開放的な土地柄は観光地ということもあるが、それよりも開港の歴史によるところが大きいのではないかと、思う。

その開港を記念して、下田では「黒船祭」が行われる。ぼくが中学生だった頃は、祭りになると米基地から軍艦が来航し、水兵があちこちで町民と交流した。下田条約の結ばれた頃の風景と似ていたのかもしれない。

アメリカ人の来る黒船祭は、自分にとって習いたての英語を試す絶好の機会でもあった。といっても「名前は、歳は、箸は使えるか、刺身は好きか」程度の他愛ないものだった。しかし、教室で教科書を読むだけの英語と違い、通じ合う言葉に心が躍った。その頃、中学生が英会話を実践する場は、都会でもまだそう多くなかったと思う。ささやかな異文化交流だった。

さて現在、黒船は「外圧」の代名詞として使われているきらいもある。確かに開港はペリーによる「砲艦外交」の結果ということは事実であろう。しかし下田という土地では、伝統的に黒船を文化的なイメージでとらえる人が多い。それは中央から離れた小さな町であるため、開国以後激しく変動する外交・政治の場として利用されることがなかったということもあると思う。かの吉田松陰が、下田沖に停泊する黒船に小船をこぎ着け密航を企てたのも、政治的な行動でなく、純粋に文化的な好奇心からだった、とぼくも子どもの頃から信じている。いずれにしても、下田はアメリカ人と下田人という、人間の交流が中心だった。だから異文化を理解する大切さ、おもしろさを歴史的に知っていたと思う。

そんな下田で子どもの頃、外国人と交流するという体験をしたぼくは、やがて海外勤務をするようになった。

最初の赴任先はシンガポールだった。マレー半島の南端に隣接するこの都市国家は、東西貿易の接点として歴史的にも下田とは大違いで、国際政治・経済のさまざまな出来事にさらされた地域である。

ここでは異文化どころか、多文化体験だった。中華、イスラム、インド、英語……それぞれの人たちに固有の生活文化があり、多彩な行事があった。宗教色の濃密なヒンズーの祭りなどは、すでに半分観光化された黒船祭を色褪せたものにしてしまうほど強烈だった。

ぼくは仕事もそこそこにこなしたという自信もあるが、それ以上に日本人駐在員のだれよりも、それぞれのコミュニティの人たちと交流をはかることができた、という自負がある。それは日系企業のもっていたかもしれない「経済的外圧」を意識し、自分なりに戒めていたという自負でもある。と同時に、中央の本社から遠く離れているという地の利を生かして、町での文化交流にいそしめたのは、下田人の血からくる得意技だと思っている。

黒船の来航は、風待ち港だった下田に異文化を持ち込んだ。その土地柄は、一中学生をして外に目を向けさせた。ぼくはそのふるさとから「黒船」に乗って、人生の航海に旅立った。そしてシンガポールを起点として、異文化を体験することができた。長い航海で知り合ったさまざまな人と交流した。

今リタイアをして、ぼくはふるさとへ帰港した。港を見下ろす丘にはもうミカン畑はないが、あのマラッカの小高い丘を思いだす。

鰹節の匂いがするまち

椎名 里緒　神奈川県　二十七歳

夏休みのおばあちゃん家の匂いや、昔付き合っていた人の香水の香り。街を歩けばいろんな香りがする。頭や鼻や心に残っている香りがしたりすると、その香りが昔の記憶を呼び起こしてくれる。いい思い出も、悪い記憶も。思い出しては、切なくなったり、一人恥ずかしくなってみたり……。

お散歩の帰り道、夕方を少し過ぎると、どこからともなくいい出汁《だし》の香りがしてくる。三歳の娘が言う。

「いい匂いだね。夜ごはんのにおいかな？」

「そうだね。おみそ汁かな。煮物かな？」

言いながら私はいつも、濃密な時間を過ごしたあのまちを思い出す。

高校を卒業し、横浜にある観光バス会社のバスガイドを一年間経験し、十九歳の春から派遣バスガイドとして東京で働き始めた私は、静岡県のバス会社に派遣され、乗務する事になった。

晩緑の頃――早朝四時。玄関の扉を開けると朝のさわやかな香りが……しない……。前日から今日の乗務のため前泊していたのに、昨夜はこんな匂いはしなかったが……。野良猫すらノイローゼになるかのような咽ぶような鰹節の匂い。しっとりと生暖かい海風とともにただよう……。温泉、まぐろ、かつお、漁師まち。バスガイドとして〝どのような街か〟少なからず知識はあった。しかし、この匂いはいったい。「近くに鰹節の工場があるでねぇ」この日、一緒に乗務する事になった、地元の運転士さんが教えてくれた。なるほど、納得。今まで、首都圏からご出発されるお客様しかご案内したことのない私は、お客様が乗車される場所に着くと、大きな発泡スチロールを抱えて、意気揚々とバスに乗り込むお客様たちにとても驚かされた。発泡スチロールの中身は、マグロの切り身や黒はんぺん。主にお酒のおつまみとなる物だが、バスに堂々と生ものを持ち込まれたのは初めてだ。後々解ってきたが、こちらではわりとポピュラーな事らしい。

「ぎゃーどさん（ガイドさん）横浜の人だっけ？　このマグロうまいっけ喰ってみ～？」や「その発泡スチロール！　まだ使うで、うっちゃらねーで（捨てないで）な～」出だしから、きつく聞こえるけど、どこか温かい漁師まちの言葉に包まれた。一抹の不安を抱えながら都内への一泊旅行が始まった。

旅行中、何度私が「お客様！」と呼んでも、ちっとも振り向いてくれない。年の頃が私の父くらいの方だったので、ためしにお父さんと呼んでみた。一発で返事をしてくれた。「ぎゃーどさん、さっきからお客様って呼んでたの、おれっちの事だっけ？　お客様なんて呼んだって、誰もふり向かねーだで、しゃれた言葉使わないいったってええっけよ～」と。横浜のお客様に「お父さん」なんて呼んでしまったら、「ガイドさん、お父さんと間違えた？」と間違いなく言われ、とても恥ずかしい思いをする事になるだろう。フランクだけどその慣れ慣れしさに、最初はどのように接したらいいか、解らなかった。しかし、それも回数を重ねるうちに、このようなフランクで、私自身を旅行のメンバーとして見てくださるお客様、言葉を借りればお父さんたちとどのように接する事がいいのか解るようになり、いわゆるおばちゃん世代には「お母さん」なんて、平気で呼べるようになっていた。

旅行中、何度もサービスのお茶をおかわりしてくれるので、用意していたお茶っ葉が足りなくなり、泣く泣く自腹を切ってお茶のティーバッグを買ってお出しした。すると「ぎゃ～どさん、さっきのお茶にしてー」なんて言われてしまった。次の休憩地では必死でお茶っ葉を探したっけ。もちろんバスのポットには限りがあるので、揺れるバスの中でお茶を入れて、ポットのお湯を補充しての繰り返し。先輩から聞いていた、「首都圏のお客様は一日一回お茶を入れれば大満足してくださるけど、静岡のお客様は一日、最低でも二回はお茶を入れて。お茶どころの方々だから」は本当だった。前からお茶を配りはじめると、後ろに行きつく前に、「おかわり」と言われ、後ろの方のぶんのお茶がなくなってしまうので、次からは、後ろから配る事にした。お茶どころ、静岡を肌で感じさせてもらった。一泊の旅行を終えて、漁師のまちへと降り立つ。バスの扉が開くと……やはり脳天を直撃する鰹節の匂い。「帰って来た！」と思わせる、独特なまちの匂いだ。

それから四年の間、頻繁にこのまちでの乗務をするようになった。乗務での話もたくさんあるが、お客様のおじいちゃんが、お土産に自分の畑で採れた自然薯をくれたり、縁談のお話を持って来られた方もいた。乗務が終わると、よく食事をしたおでんやさんでは、おばちゃんがよく〝なると〟をサービスしてくれた。「こっちのおでんには、なるとが入るでね～」さすが！　なると生産量日本一の町。ほっこり和んだ温泉は、立ち仕事の私の足の疲れを見事にいやしてくれた。早朝のお迎えのタクシーの運転士さんは、「朝早くから、えらいっけね～。今日はどこ行くだー？」って気づかってくれた。自分のほうが夜通し働いてエライ（大変な）はずなのに。疲れた顔してタクシーに乗れば「ぶしょってー（きたない）顔してー」なんて失礼な事言われたけど、なんだか元気になれた。

いつからか、横浜から、新幹線、東海道本線を経て、電車の扉が開くと「あぁ帰って来た」という気持ちになった。旅先からこのまちに降り立ち、バスの扉が開くと、ほっとするような、落ちついた気持ちになった。図々しいかもしれないが、いつしかこのまちは私にとって〝地元〟と表現したくなる、大切なまちとなった。都内で乗務をしている時は、鰹節の香りがすれば、ふとこのまちを思い出した。都内のお客様がこのまちに一泊、なんていう旅行があれば、それはもう得意になって、たくさんの観光案内をさせていただいた。その時、今までなんとなーく、ガイドの教本どおりに仕事をこなしていた私は、どのように仕事と向き合っていけばいいのか、ガイドという仕事の意味がやっと解った。「このまちって、こういうことがステキで、素晴らしいんです」って事を伝えたい、教えたいという気持ちが、いい仕事につながっていくのだとこのまちは教えてくれた。

それからというもの、うそのように仕事が楽しくて楽しくて仕方がなくなり、結婚するまでの腰かけのつもりの仕事だったのが、結婚・出産後も、必ず復帰したい仕事となり、私のかけがえのない、財産になった。本の上で学習した事はすぐに忘れてしまうから、いつまでも本を持ち歩かなければならない。しかし、このまちで経験した事は、学習ではなく思い出から、頭の中で知識になっているから、荷物にならずに、でも、お客様には伝わる。

今私は子育て中で、乗務はなかなか難しい。でも日常生活の中で、子育てする中で、ガイドの仕事に通じるものはたくさんある。だから私は、私自身の生活の中で五感のアンテナを張りめぐらし、経験を積んでいく。何に対しても、一生懸命取り組む。そう考えれば、きっかけはバスガイドの仕事との向き合い方を教えてくれただけだったかもしれないこのまちは、実は、いろんな事に真摯に取り組もうとする私自身をも育ててくれたまちではないかと思っている。子どもたちが巣立ってしまうその前に、ぜひ、このまちに連れてきてあげよう。子育ての最後の仕上げとして——。それが終わったら私は、すぐに復職する予定だ。

飛び込んだ　横須賀

柊　埼玉県　二十九歳

私が実家のある埼玉県を離れ、神奈川県の横須賀市で一人暮らしを始めたのは今から八年前の冬、二十一歳の時の事です。

なぜ急にあてもない土地に引越したのかというと、それまで一人暮らしはしていたものの、何かあれば家族や友人に助けてもらえる環境にあり、「私は自立しきれていないのではないか。自分の力だけでどこまでできるかやってみたい」と、若さゆえの焦りを感じていたからでした。また、誰も自分の事を知らない土地で新しい自分として、一からやり直したいという思いもありました。そこで、大好きな海にも近い横須賀で暮らす事に決めたのです。

親からは知らない土地での一人暮らしを心配して「やめたほうがいいんじゃない？」と言われましたが、ここで甘えてはいけないと、アパートと仕事を探し始めました。

仕事の面接では埼玉から一人で引越してくるという事で、「借金取りに追われているんじゃないよね⁉」と冗談を言われながらも、どうにかファミレスでの調理の仕事が決まりました。

調理場の仕事は想像以上に忙しく大変なものでした。ヘトヘトになってアパートに帰っても話を聞いてくれる人もなく、体力的にも精神的にも疲れ果て、一カ月ほどで仕事をやめてしまいました。「自分の力だけでがんばる！」と鼻息荒く飛び込んだわりには、あまりにあっけなく挫折したものです。

それから一カ月くらいは仕事もせず、貯金を切り崩して暮らしました。知り合いもない土地で一人きり、ごはんを食べて寝るだけの、時間が過ぎていくのをただ待つ生活でした。アパートに一人きりでいると、自分だけが世間から取り残されたような、妙に静かな不思議な気分になりました。

たまに海に行ってみたりもしました。人のまばらな冬の海を見ていると心が落ち着きましたが、帰りは余計に寂しくなりました。

一番寂しいのは夕方でした。まだ明るいけれど、だんだん暗くなっていく空を部屋の窓から見ていると、しみじみ心細くなりました。

そんな誰とも関わらない生活が続くと孤独に耐えられなくなり、「私をいじめる人でもなんでもいいから誰かと関わりたい！」と、それまで感じた事のない感情がおこってきました。そこで就職活動を始め、また料理屋の仕事に挑戦する事にしました。

新しく働き始めた料理屋では五十代後半の女性が多く働いていました。母親より少し年上の女性達との接し方に、はじめは少し戸惑いましたが、皆さん快く迎えてくださいました。

仕事以外にも礼儀作法を教えてくださったり、私の一人暮らしを心配して家に泊めてくださったりと、いろいろ気にかけて支えてくださいました。自分の力だけでがんばろうと始めた横須賀での生活でしたが、私はいつの間にかあたたかい人達に囲まれていたのでした。

人は周りの人に支えてもらわなければ生きていけないのだと気づきました。一人でがんばろうという気持ちも必要ですが、まずは家族や身近な人を大切にする事が一番大切なのだと思いました。家族の心配してくれる声を聞かずに、焦る気持ちにまかせて飛び出してきてしまった私は、まだまだ幼稚でした。

今は埼玉に戻って結婚し、子供にも恵まれました。あの強烈な寂しさを経験したからこそ、今の生活を本当にありがたく感じます。家族を大切にしようと心から思います。あの頃の私のがんばりは空回りしていたと思いますが、若いうちにもがく事ができてよかったと思っています。

横須賀は、私に本当に大切なものを気づかせてくれた特別な場所です。

大みそか

milo　愛知県　四十四歳

大みそかの深夜に、この街の古い商店街を歩く。なんでもある。古いものから新しいものまで、なんでもそろっている。そして、大みそかの深夜、若者でにぎわっている。

街でも有名な、地下にある、怪しげな雰囲気がしないでもないライブハウスに入る。一癖も二癖もありそうな、怪しげな親父バンドが出てきて、SMショウをパロディにしたような演技と歌を披露する。何も知らない人たちはここで引いてしまう。

「この人たち面白いよ」

このバンドに詳しいと思われる、地元の中学生らしき少女がつぶやく。はて？　じっと我慢していると、なるほど面白いわけが分かる。彼らの音楽性の高さにも気付く。さんざん笑わせてもらって、音楽も堪能し、ステージが終わったあとは、かなりきつい酒の匂いが残る。観客はほとんど女子中学生ばかりなのに……。大みそかは、オールナイトでステージが行われている。地元の中学生が通っているようだが、中には遠方からわざわざやって来たと思しき中学生たちもいる。

ちょっと外へ出たくなると、受付で、手の甲にハンコを、「ポン」と押してもらう。これで、出入り自由となる。

隣の牛丼屋さんに入る。どうも遠方からわざわざこのライブハウスまでやって来たと思われる、中学生らしき女の子の集団を見る。

「だからさあ、それが終わったら行こうよ！　だって、私これ絶対見たいもん」

タイムスケジュールを眺めながら、何を見るか品定めしているようだ。

彼女たちは熱心に、おそらく少ない小遣いをやりくりしてやって来ているのだろう。一番安い牛丼をほおばっている。

彼女たちは、流行にかなり目ざといとみた。なぜなら、テレビに出てくるような人気バンドなんか出てこない、小さなライブハウスに、わざわざ遠方からやって来るのだ。よほどの嗅覚がなければ、こんなことはできないだろう。女の恐ろしさは、こういうことからもよく分かる。まだ有名になっていないバンドばかりだから、当たり外れはあるわけで、すべてが楽しいわけではない。それを知っている彼女たちは、目ざとく自分のお気に入りのバンドをチェックするのに余念がない。

大方、三十人も入ればすし詰め状態になってしまうような、小さなライブハウス。そこへやって来るいたいけな中学生たちは、自分のひいきのバンドを応援しに、あるいは、地元に住んでいて、いろいろなバンドをよく知っている中学生は、「また来たよ！」的に、大みそかオールナイトライブを楽しんでいる。正月がやってくる興奮を抑えきれないのだろう。とにかくどの子も実に楽しげだ。このライブハウスに出演してから、メジャーデビューをしてゆくバンドは多い。彼女たちは、まさに旬の旬、今からブレイクしますよという瞬間に立ち会えるわけだから、ファン心理をそそられるのだろう。楽しそうだ。

ライブハウスを離れて、商店街のもっとも有名な観音様まで来る。あたりは蚤の市をやっている。

本場パリの蚤の市には遠く及ばないが、それでも、骨董品が所狭しと並んでいる風景は、素人でも、

(ちょっと覗いてみてやろうか)

と思わせるに十分である。いろいろ怪しげなものを眺めて、それらがいったいいくらするのか？　想像しながら歩くのも楽しい。ここには女子中学生は足が向かないようだ。閑散としているが、たまにご年配の、物好きそうな方がふらふらしている。

観音様に、一年の無事をお礼し、来年の開運を願う大みそかは、一度で二度分お参りできるからいい。

観音様を離れて、商店街をぶらぶら歩く。ここにしかなさそうなお店が、そこそこの繁盛らしく、店員の声もかしましく聞こえてくる。

一軒の古着屋に入って、ジーパンを品定めする。Ｌｅｅの２００を探してみるが、なん

と偶然見つかってしまう。値段は少々張ったが、まあいい。何があったって大みそかだから許される。

　ジーパンを持ったまま、商店街をふらふら歩くと、多くの若者たちとすれ違う。年齢が結構若いことに驚く。さっきのライブハウスではないが、中学生風な若者たちが目につく。この商店街は中学生の街か？　そんなことはない。平日はともかく、年内の土日など、彼らより年齢層の高い若者たちも割拠している。大みそかは中学生の街になるのか？

　ちょっと裏通りに入ると、あたりは真っ暗だ。寂しい街路灯の、わずかな光を頼りに歩いていると、中学生と思しき男女のカップルが現れた。まだ若いが、恋人同士なのだろうか？

　なぜか彼らは、電柱に身を潜めて、自分たちの来た道をじっと見ている。誰かに追われているのだろうか？　何かに脅えているような、逃げなくてはいけないような？　その理由が気になって、彼らをじっと見つめてしまう。

　想像するに、彼らは仲間たちと一緒にこの商店街までやって来たが、二人っきりになりたくて、仲間を振り切って走ってきた。あるいは、彼らは、二人でこの商店街までやって来たが、土地の人に何か失礼なことをして、怒られて、逃げてきた。あるいは、万引きをして、逃げて走ってきた。そのどれも外れかもしれない。それでもいい、大みそかは何が起こっても不思議はない。

商店街を背にしながら帰る時。私たちは、この商店街が、まるで夜の夢のように活気づいていることに気づく。大みそかというイベントは、この街の少年少女を何やら突き動かす衝動を与えるらしい。そんな彼らを眺めに、この商店街を歩くのも面白いだろう。

新しいお友達

長谷川　回　愛知県　三十五歳

小さな小さな娘の手の平を、大きくたくましい両手が、優しく包み込んでくれた、その瞬間、私はこれから先、娘が歩んで行くであろう未来に、何か一種の約束をしてもらえたような、そんな気さえしたのでした。

数年前のある日、私の住んでいる愛知県某市で当時教育委員長をされていた方と、思いがけずお話をさせていただく機会を得た私は、当時一歳だった娘と共に、ある日、市役所を訪れました。

初めて来る場所、初めて会った人。好奇心旺盛な娘は、緊張しながら対談に挑む私の姿をよそに、委員長室の中を、右へ左へ勝手に探検。ソファーに座っている私の膝に座りに来たのかと思ったら、隣の空いているソファーに、靴のままよじ登り始めたり……。一秒たりとも、じっとはしていない娘。

「本当にすみません。落ち着きがなくて」

と私が謝ると、

「大丈夫ですよ。子供は好奇心のかたまりです。ソファーは汚れたら拭けばいい。でも、子供の好奇心の芽は、一度摘んでしまうと、なかなか次が生えてこない。だから、好奇心の芽は、大切に育ててあげてくださいね」

と、にこやかな笑顔でおっしゃった委員長さん。その後、娘は委員長さんの膝に乗せてもらい、遊んでもらったあげくに、

「せっかくだから、記念に」

と、一緒に写真まで撮っていただいて、私にとっても、娘にとっても、その日は大喜びの一日となりました。

「今日は、勉強になるお話を、たくさん聞かせていただきまして、本当にありがとうございました」

帰り際、お礼を言っている私の横で、娘が小さな小さなもみじのような自分の手の平を、じっと見つめています。

「どうしたの？　手、汚れちゃったの？」

と、私が声をかけた次の瞬間、

「あくしゅ、あくしゅ」

と言いながら、小さな手を差し出した娘。

「握手は仲良しのしるし」

娘にとって教育委員長さんは、今日新しくできた大切なお友達なのです。

「こんなに小さい子に握手を求められたのは、初めてです」

驚きながら、そう言ったあと、委員長さんは、ポケットの中から取り出したハンカチで、手を丁寧に拭いたあと、小さな小さな娘の手の平を、両手で優しく包むように握手をしてくれたのです。

「握手は仲良しのしるし」

小さな手に込められた、そんなかわいらしい想いも一緒に、大切に受け取ってくださった委員長さん。

「生徒の学力低下」「問われる教師の能力と品格」。そして、「モンスターペアレンツ」。子供、教師、学校を取り巻く環境は今、決していい状況とは言えません。しかし、教育委員長さんの優しい心に触れたあの日以来、これから育まれていく子供達の好奇心の芽や、教育の目が照らし出す未来に、限りない希望と優しさを見出している私の姿が、いつも娘の横にあるのでした。

豊田市の行方

近藤　孝子　　愛知県　四十二歳

リーマンショックが起こったのは平成二十年である。急に自動車関連の会社の仕事が減り、外食産業を始め、旅行業界などが店舗を閉鎖した。ローンが払えずに家を売る人が多く、アパートやマンションも空き家が増えた。豊田市には外国人が多かったので、母国であるブラジルなどに帰る人もいた。

国道では渋滞緩和のため、二車線にする計画だったのが、お金がないため、ストップしている。

補助金やエコカー減税で持ち直したようにみえるが、底をつき、また仕事が減って、従業員が余っている。好調なのはアジア向けの輸出のみらしい。

日本一、税収が多い豊田市だが、一時、貯金を切りくずしてなんとかしのいだらしい。

最近、空き店舗に違う業者が入って、開店している。不況でも一戸建ての住宅や分譲マンションもよく売れている。部屋や土地を狭くして、価格を下げているらしい。

スタンドやイオンはセルフになり、ＣＤやＤＶＤもレンタルが増えた。ユニクロやニトりなど価格の安いお店が増えた。

車の売れない時代なんて考えてもみなかったが、母が、

「昔もトヨタが倒産しそうな時期があった。お父さんが北海道に帰ろうとしていたけど、帰ってもしょうがないと言って止めた」

と言った。

最近、とても人気のある歌手が来た。そんな人が来るくらいだから、この町は望みがあるのかもしれない。空き店舗が銀行や不動産屋さんに変わった。お金持ちがまだたくさんいるらしい。ちらしの求人広告が以前は表しかなかったが、裏にも載るようになった。仕事が増えたらしい。おいでんバス（豊田市が補助するバス）の路線の数が増えた。豊田市にはまだお金があるらしい。

私は豊田市に生まれて育って、よその町にも六年ぐらいいたが、この町がどうなっていくのか見てみたい。

先生集落の想い出

七里　彰人　　愛知県　七十三歳

幼い頃の世の中が、平和な今日と違って激動の時代だったせいだろう。その頃の想い出は、六十数年が過ぎても強烈な残像として心の奥底にいつまでも残っている。

一九四五年七月二十日、岡崎市の空襲で我が家は全焼した。焼け野原で途方に暮れた日々、住む場所を探し、食べる物を手に入れるため、親たちはあらゆる事をしたに違いない。八歳だった子供の目から見てもはらはら、どきどきする事ばかりだった。

焼け跡の隙間の土地の上に建てたトタン屋根のバラック、雨が降ると土のままの床の上を水が流れるのが一番いやだった。たまらず焼け残った他人の家の軒下を借りて、数日ずつ世話になりながら時は過ぎていった。

八月十五日、ほとんど栄養失調になりかかった時、終戦となった。負けて泣いている人々の中で、疲れ切った僕は、もう死ななくていい、竹やりでアメリカ兵と戦わなくていいのだ、僕は生き延びたのだと、後ろめたさを感じたが、実は嬉しくてたまらなかった。

しかし戦後の混乱の中、親戚や知り合いの家を一家で渡り歩いて移動する、今でいうならホームレスのような生活が待っていた。当時、日本中の家族は焼け野原を右往左往して、苦難と貧困と伝染病に喘いでいた。

幸いなことに、我が家は教師だった父が一度失った職をまた得ることができてから、生活は少しずつ好転し始めた。愛知県豊川市にある、終戦の年の八月に空襲を受けた海軍工廠の焼け残りの兵舎跡に住むことになったのである。

そこは新しくできた師範学校の教師の家族が、十六戸住むところとなった。

広々とした敷地の中には雑草で埋まった運動場があり、人工の池がいくつも散在し、小さな林もあった。敷地の周りは鉄条網の塀が廻らせてあって戦争を思いださせたが、半分以上は壊れていた。教練用の雨天体操場があったが、床が所々抜け落ちていたし、天井板はなくあばら骨のような裸の材木が屋根の下に張り巡らされていた。兵隊たちが浴びた大きな風呂のある建物もあった。それらはのちに僕たちの格好の遊び場になった。大きい風呂に水を張ってプール代わりにして遊んだ。

十六軒の家族が住む宿舎は、はじめ畳は腐っていたり、壁に大きな穴があったり、酷いところだったが、ひと月もすると、人が住める家に変わっていった。風呂も便所も炊事場も共同だったが、かえってそれが人々を団結させ助け合った。子供たちも環境を立て直す仕事に夢中になった。運動場は芋畑になり、それぞれの家の周りに野菜畑ができたのも、そう長い月日はかからなかったような気がする。近くに学校が復活すると、僕たちは何か月ぶりかで人並みの小学生になった。

僕たちの集団のことを、昔から住んでいる周りの農家の人たちは「先生集落」と呼んでいた。僕たちも、師範学校の先生ばかりが住む場所の子供たちとして、この田舎では一種独特な存在だった。戦後のどさくさの時代、職を求めて各地からやってきた専門家や教師、高名な教授もいた。東京や京都や名古屋などから集まった人々との共同生活は六年続いた。

この小学校三年から中学三年までの間は、私にとって忘れられない、私の性格を形成した時期だった。この時代、電気と水道はあっても、ガスはない、もちろんプロパンガスもない、炊事も風呂も薪だった。ラジオはあってもテレビはない。冷蔵庫も洗濯機も見たことがない。車といえば米軍のジープが走っていると見物に集まるくらいなものだった。アスファルトの道路は見たことがなかった。

しかし、素晴らしい自然があった。

近くを流れる小川では鮒も、どじょうも、うなぎもいた。メダカは当たり前のようにたくさん水中を泳いでいた。池の周りには、青い胴体を光らせた銀やんまが飛んでいたし、黒と黄色のだんだらの鬼やんまが、大きな弧を描いて僕たちを興奮させてくれた。秋には赤トンボの大群が低空飛行して実りかけた農家の麦畑の上空を占領した。野鳥が巣を作り、野兎が猛烈な勢いで運動場を横切るのを目撃したこともある。セミが鳴き、椚の木にはカブトムシやクワガタがいて近くの森で捕まえることができた。

米以外の食べ物は自給自足に近い生活だったが、子供心には自然の懐に抱かれて自由に伸び伸びと育ったという印象がある。先生集落では親たちの導きもあって二十人ほどの小学生たちで子供会を作り、蓄音機やＳＰのレコードを持ち寄りクラシックを聴いたり、中には子供世界文学全集を貸してくれた先生もいて、雨の日などは争って読んだものだった。演芸会を催して歌を歌ったり、演劇を発表して親たちを招待したりした。

このころの情緒的環境は、その後大人になって、いかに時代が変わり社会に揉まれても、ある時は希望に満ちた実行力のある男になったり、ある時はろくでもない事をしでかし、落ち込んだりしても、先生集落の頃培った純真さと正義感が心のどこかに性格の一部として残っていて、物事を判断する時、いつも思考の範囲の中のどこかに存在していた。誰でも思春期がその人の性格を左右するものだが、私にしても、堕落への階段を下りていきそうになった時期、それを踏み留まらせたのも、この頃の自分の本来の心を想いだしたからだと思うのだ。

先生集落という、一種鎖国のような子供の世界は、独特な子供文化を形成していた。

初恋に似たような経験をしたのもこの頃だった。子供会の中に色の白い理知的で、おしゃまで、活発な上級生の女の子がいた。白い肌に薄いそばかすがアクセントになった美しい少女だった。豊かなおさげ髪を、肩の後ろへ放り投げるような仕草がたまらなくかっこよかった。

数十年を経て当時の仲間が集まった時、彼女はどうしているのだろうという話になったが、実は全員が彼女に初恋に似た気持ちを抱いていたことがわかった。半世紀以上も過ぎ去った今でも、彼女の姿と共に先生集落は愛すべきマイホームタウンになっている。

私と山城

安藤　邦緒　　岐阜県　六十二歳

久々に名古屋へ行った帰り、電車の窓から北の方角の山上に城が見えだすと、岐阜に近づいたんだなあと想う。それほど山城の岐阜城は遠くから見つけやすいし、岐阜の人間になじみ深い。

見つけやすいのは、標高三百二十九メートルの金華山の頂に築城され、全国一高所にあるからだ。岐阜の人はこの山城を、駿河の人が富士山を朝な夕な眺めているのと同じように眺めている。

私は、小学校の三年生までこの山城を見て育った。金華山のすぐ近くに住んでいて、当時は高層ビルなどなく、外で遊んでいる時に頭上を見上げると城があった。小学一年生の夏、家族で初めてロープウエーで山城を訪れた。城の窓から見下ろした蛇行する大河――長良川の雄大な眺望は、今も鮮明に脳裏に焼き付いている。

その後、県内を転々とし、大学時代を再び岐阜で送ったが、間借りした民家の二階の小部屋は長良川を隔てた金華山の真向かいに面していて、窓を開けると原生林におおわれた山と燦然と鎮座する山城が超ド迫力で目の前に現れた。

四年間この風景と明け暮れた。落ちこんだ時は山から英気をもらい、迷った時は城をじっと見つめていると不思議と決断できた。その昔、政治や軍事に采配をふるった信長と道三が、天守閣から私に「やってみい！」とエールを送ってくれたのだと思う。

卒業後、就職し、結婚して岐阜市の西に隣接する町に住んだ。友人一家が愛媛と札幌から来岐した折は、迷わず岐阜城と鵜飼い見物でもてなした。夜、山城直下の長良川に浮かぶ遊覧船上で鮎料理に舌つづみを打ちながら待つと、篝火を焚いた舟が近づいてきて、烏帽子に腰蓑をつけた鵜匠が鵜たちを巧みに操り鮎漁をした。幽玄の光景を目の当たりにした遠来の客は「古典絵巻を観ているようだ」と絶賛し、深い感銘と満足の表情を浮かべて帰っていった。

その後、犬を飼うようになり、散歩コースに山城がよく見える場所があるのを知った。

「お父さん、お城が見えるところから花火が見えたわよ」

「売り地の西だろう？」

「そうよ」

妻も発見し、山城を気に留めていたのだ。そこは、山城を背景に花火大会が眺められる特等地となった。

しかし、数年前に犬が死んでからは散歩に行かなくなってしまった。

一昨年（二〇一〇年）、退職し、熊本城、岡山城観光に行った折に、ふと、中秋の名月がかかる山城を見たくなった。十月十五日、日没を待って久々にくだんの場所に行ってみると、天守閣のすぐ真上に大きな満月が上がっていた。そのあまりの荘厳さに身震いし釘づけになってしまった。どうやら、私と山城はただならぬ関係に入ってしまったようだ。

贅沢な水　大垣市

増田　幸子　　千葉県　四十一歳

スーパーと自販機から、水という水が消えた。震災後、水道水でミルクを作るのは危険と発表され、乳呑み児を抱える母親達にとって、子供を守るために一滴でも多く確保したいと願った、命の水。

水と言えば、私は岐阜県大垣市を思い出す。かつて、たくさんの紡績工場があった。大垣市の福井・岐阜県境の高倉峠に源を発する揖斐川は、その支流をあわせて濃尾平野で豊かな川の流れを作る。豊富に湧き出でる地下水は、大垣を「水の都」と呼ばせ、タクシー会社の名前の由来にもなっている。掘り深い井戸からの自噴水は、夏は冷たく冬は温かく、適度の硬水であるため、飲料水をはじめとして、人々の暮らしには欠かせない物であった。半面、洪水を起こす原因ともなり、日本屈指の水害地帯でもあった。

揖斐川の流水は、安い電力供給の場になり、自噴水は、絶好の工業用水になる。洪水さえなければ、まさに天の恵みなのだ。濃尾平野の一角として、交通の便もよく、無限の工業用地であった。また、労働賃金の安い、豊富な労働力にも恵まれていたことから、大垣は繊維の街になったのである。

その「賃金の安い豊富な労働力」になったのが、私達である。高校を卒業してすぐの女子達が、東北は福島、青森、岩手など、九州は福岡、長崎、熊本などから集まってくる。働きながら短大（歯科衛生・幼児教育）、学園（調理師・歯科助手）、学院（情報処理）、服飾などの学校に通う。三年で卒業・退職をし、取った資格を生かしある者は故郷へ帰り、ある者はさらなる新天地へと旅立った。大垣に残る者は、ほとんどいなかった。

ちなみに、私が卒業したのは学園である。

昼間通学するだけの学生を「一部」、昼間働き、夜通学する学生を「二部」と言うのに対し、交代勤務をしながら、連動して通学時間も変わる学生は「三部」と呼ばれた。私が就職したのは一九八八年。卒業が一九九一年。その後の時代の流れと、紡績業衰退により、二〇〇二年募集停止、二〇〇五年全廃となる。

早番の週は、朝の四時半に「A班の皆さん、おはようございます。起床の時間になりましたので、お知らせいたします」のアナウンスで起こされる。洗面と着替えをすませ、「A班の皆さん、出勤の時間になりましたのでお知らせいたします」のアナウンスが流れるのが、四時四十五分。

冬は、寮玄関を出て屋根続きの工場に向かう途中、見上げると星がキラキラと光っていた。寝ぼけまなこのまま現場に入り、機械を始動させる。今思えば、よくあんな仕事ができたと思う。機械は大きく、一歩間違えればけがなどの危険も伴う。

機械が動き出して、頭がすっかり覚めた頃、見上げればのこぎり屋根の窓から、朝日がすうっと差し込んでいた。

生活に必要な物は、すべてあった。勉強にふさわしい環境は、完全なまでに整っていた。スクールバスと、調理師と栄養士による、バランスのとれた食生活。至れり尽くせりだったと思う。

でも辛かった。毎日やめたくて仕方がなかった。泣くことも多かった。

実際に、やめていく人も多かった。同じ学校に通学した同期は、入学時十人ほどもいたと思うが、卒業に至ったのは、私を含めて三人である。屋上に上がり、走り去っていく電車を眺めながら「あの電車に乗って家に帰りたい」とは、寮生ならば誰もが願うことだった。

「やめるやめると言って騒いで、周りに迷惑をかけた人間がしぶとくて、文句ひとつ言わずに頑張っていた人が、ある日気がつくといなくなっていたというケースが結構ある」

一年目の時に、同じ部屋の先輩から言われた言葉である。ちなみに部屋は、二年生と三年生が一人ずつ、一年生は二人ずつ割り振られる。偶然だが、初年度に一緒に住んだ同期の名前も「幸子」、ついでに進学先も同じだった。

「長かったか？」

どうにかこうにか卒業式を終え、会社に戻って謝恩会に参加した時、工場長から尋ねられた。

「長かった！」

そう、卒業までの三年間は、とてつもなく長かった。一分一秒が本当に長くて、永遠にこのままであるかのような錯覚に陥っていた。しかし、あわてなくても、卒業の日は来るのである。憧れだった、矢絣の着物と袴というスタイルで、後輩からもらった花束を胸に、正門をあとにした。雲一つない青空で、これ以上ないほどの門出だった。

工場が閉鎖されたと聞いたのは、卒業して五年くらい経ってのこと。建物が壊れる前に同期の「幸子」と待ち合わせた。のこぎり屋根の工場はあったかなかったか。時計台だけが残っていた。しっかりと錠が下ろされていた正門前で、写真を撮った。閉鎖が決まった時、多くの卒業生が泊まりに来たという。

一歩遅かったが、救いはあった。結婚後、夫と二人で訪ねてみたら、正門が開いていた。守衛脇に小屋があり、中に人の気配がした。行ってみて、東京から来たのだと言ったら、「じゃあ、懐かしいでしょう」と言って、敷地全体の地図を見せてくださった。同伴で、寮の中に入れていただくこともできた。取り壊されたと思っていたが、人の手が入らなくなって、生い茂った草木で向こうが見えなくなっていたのだった。

廊下を踏みしめた時、かつて住んでいたたくさんの女子達の、スリッパの音が聞こえた。

寮生達を起こすアナウンスの声が聞こえた。笑い声、話し声、時には喧嘩の声なども。

あった、あった。

「すみれ寮五二三号室」

初めて住んだ部屋の前に、私は立ち尽くした。鍵がかかっていて入れなかったが、懐かしい間取り、作りつけの箪笥《たんす》や押し入れやロッカーが見えた。

寮生だった頃、かなり年配になった卒業生達が泊まりに来ていたことを思い出した。大垣とは、そういう街である。

夫と大垣に帰った日、桜が満開だった。松尾芭蕉むすびの地では、水が贅沢に流れ落ちていた。散った花弁は池に落ち、花筏を作って、人の目を楽しませていた。

喉が渇いて、喫茶店に入った。そして思い出した。そこは、一度は行きたい、行っておきたい店として、三部生の間では有名な喫茶店だった。客の雰囲気に合わせたカップでのもてなしが人気だった。いつの時代も女子達は、楽しい物やおいしい物を見つけるのが上手い。お菓子の城、プラネタリウム、明治村。

商店街を歩いて、ずいぶんとさみしい街になったなと思う。あれだけいた三部生がごっそりといなくなったのだから、当然と言えば当然か。

でも、忘れないでほしい。昭和の時代に、紡績工場で働きながら学校に通っていた私達がいたことを。

今年も、夏がやってきた。かつて工場には、常にとくとくと湧き出でていた飲み水があった。大量の汗をかく工員達の喉を、いつでもうるおしてくれていた。

大垣の水は美味しかった。もしかしたらそれは、懸命に生きる女子達への、天からの恵みだったのかもしれない。

指折り数えて待っていた卒業から、二十年が過ぎた。

愛せなかった時代に、もう一度戻って愛し直すことができないのならば、今の暮らしにできるだけ愛情を注いでいかねばならない。

ありがとう大垣。何度でも、ありがとう。

心の故郷に立ち返る

油瑠井　太郎　　奈良県　三十六歳

一九九七年十一月、プロサッカー選手を目指していた私は、Jリーグ・大分トリニータ（当時は日本フットボールリーグに属し、Jリーグへの昇格を狙っていたクラブ）の入団テストを受けた。二十二歳にしてやっと巡ってきた初の入団テストのチャンスだった。

ところが、テスト目前に、利き足である右足の甲を亀裂骨折してしまった。診断結果は三ヶ月。主治医から入団テストには間に合わないと言われ、私は愕然とした。それでもテストを諦められず、慣れない左足で必死に練習を積んだが、不安は体の底から湧き起こり、私を放さなかった。だが、入団テストを断念してしまうと、自分がダメになる気がしたし、次またいつ受けられるかわからず、これがラストチャンスと覚悟を決め、全力で挑んだ。

ところが、努力と奮闘の甲斐なく、私は落選してしまったのだった。

大分から戻って半年になろうとしていた。

プロ選手の夢を捨てて、そろそろ別の道を考えないといけないということは、自分でもよくわかっている。けれども、小四から十二年間、わき目も振らずにサッカーのことを考え続けてきた私にとって、現実を容易に受け入れられるはずはなかった。サッカーのこと、将来のこと、私の胸の中で色々な思いは様々な方向に飛び散り、その思いをまとめて決断することもできず、くよくよしてその日その日を無為に過ごしていた。それは空虚なトンネルの中を歩いて行くような疎外感、孤独感、閉塞感に似ている。早く、そこから脱出しなければいけないということをわかってはいるのに、きっかけが見当たらなかった。

そんなある日、知人Yさんとの酒席で故郷の話に触れた時、田舎のない私に、Yさんは「私の故郷（G県・H村）は、空気は澄んで、景色はいいところ。でもね、何もないところなんだけど……一度、来てみる」と言ってくださった。Yさんは私より一つ年上で、優しさに包まれた瞳は大きくて愛くるしい。

その時、「何もないところ」を強烈に意識した。何もない村とはどういうものなのか、という疑問に変わった。H村への理由のつけられない好奇心が、私の頭の中をぐるぐる駆け巡った。

自分の目でその村を見て、自分の鼻と口でそこの空気を吸い込んで、自分の手でそこにあるものに触れて、そこにしか存在しない空気を肌で感じないと、どうしようもなく心の中で収まりがつかなくなっていた。よし、H村へ行ってみよう、そこに行けば純粋に何かを得られるような気がした。

だがしかし、H村に行ったからと言って、状況を変えられないということは理解できている。H村へ行ってみようという思いは、現実から逃げようとしている自分の心の弱さ、未熟さ、甘えから来ているものだということもわかっている。それでも前へ一歩を踏み出すことで、次の道が見えてくるかもしれない。H村で自分と素直に向き合うことができたら、きっと次へ向かって行ける勇気につながると思えた。

そんなことを考えていると、実に半年ぶりに体の隅々がエネルギーに満ち溢れるのを感じていた。

一九九八年六月、私は早朝に出発した。H村に着いたらとっくに昼を過ぎていた。大阪から名古屋まで近鉄線で向かい、そこからT本線に乗り換えてS駅までおよそ八十四キロメートル。さらにそこから山間を車でうねるように走ると十五キロメートル先に村がある。S駅に到着する時間に合わせて、Yさん、姉のMさんが駅前で待っていてくれた。優しい笑顔で迎えてくれた。Mさんは私より五つ年上で、小柄で美人。おっとりした話し方が印象的だった。

Mさんの運転で県道を走る。私はシートに座るとすぐにぐったりと眠ってしまった。「起きてください。もうすぐ着きますよ」と、姉妹の女性らしい細い声で目が覚める。

車窓の外に躍動感が溢れる、前時代的な風景が広がっている。一面の田んぼ、その田んぼの向こうには新緑の山々がいくつも重なって実に美しい。その山々の稜線はH村を包み込むようにぐるりと広がっている。

「うわぁ、綺麗だなぁ。心が洗われるような感じがするなぁ」

車窓から眺める日本の原風景に、改めて深い感動を覚えた。

高層ビルやマンションが散在していて当たり前、華やかな百貨店や賑やかな繁華街があって当たり前に思い、田舎の感覚がわからなかった私にとって、H村の景色はあまりにも衝撃的で、鶴の恩返しや竹取物語など、昔話の世界をリアルに見ているように実感した。桃太郎がキジやイヌ、サルを連れて鬼退治に向かうところだったり、金太郎とクマが相撲をとっていたり、絵本で見る空想のようなワンシーンがこんこんと湧き起こってくる。

村域の九十パーセントを占めているという山林は豊かで美しく、心に沁みた。村を巡れば、自然の恵みを浴びた山の木のすこやかな薫りが漂い、山間を縫って流れるS川が村の中央を東から西へ貫流している。S川で遊泳している鮎は絵に描いたような美しさを放っていた。川面を眺めていると引きずりこまれるような妖しさもあったが、素晴らしく魅力的で興奮した。S川とその支流沿いにあるH村は想像以上に静かだった。

Yさんが実家に泊めてくださった。

Yさんのお父さんは精悍な顔つきをしているが、笑うと途端に優しい顔になる。お母さんは明るくて気立てがいい。三姉妹の末っ子Rさんは透き通るような肌が眩しかった。なぜかみんな明るく楽しそうだ。きっと、親子のいい関係があるんだろうな、と少し羨ましく思った。落ち込んだり、物事が上手く進まなかったりすると結構、人見知りが激しくなる私だったが、Yさんの家族と知り合い、他人と上手く関われるようになった。ともに笑い、ともに楽しむという幸せを無意識に教えてもらった。

二泊三日の間、焼き肉パーティーで一晩陽気に酔っぱらったり、バーベキュー大会や卓球大会に参加させてもらったり、花火をして盛り上がった。鮎釣りも楽しんだ。みんなよく笑い、温かかった。

二日目の夜、夕食を終えたあとの風呂上がりに、Yさんたち姉妹と一緒にお酒を飲んだ。そこへ、「楽しそうね」とYさんのお母さんもやって来た。後ろからYさんのお父さんの声がした。「また遊びにいらしてください」と恥ずかしそうにボソボソ言った。

私は流れ落ちそうな涙をこらえて、「ありがとうございました」と頭を下げた。その瞬間、肩の力がスッと抜けて、「ずっとサッカーをやっていました。夢を捨てることで、無になる自分が怖いです」と咄嗟に言葉が出てしまった。でも、体の中のモヤモヤから解放された気がした。

「今を楽しむこと。目の前のことを一生懸命にやること。そうするとぐんぐんパワーが出てくるから」、「サッカーで培った経験は、次のステップへのエネルギーになる。自信を持って頑張って」、「一つのことに熱くなれるんだったら、なんだってできるさ」

気持ちが楽になった。

今思うと、自分の未熟さに呆れ果てるけれど、二十二歳の私は情けないぐらい本気で迷い悩んでいた。

H村で、自分を見詰め直すことができた。大阪に戻って来た時、「サッカーが人生のすべてではない。とにかく前を向いて全力で生きよう」という答えを出せた。

あの日から十四年、私は全力で生きているだろうか。少なくとも、二十二歳の時よりも成長した姿で、H村の故郷に戻れると思う。

私にとって決して忘れてはいけない心の故郷がある。

風光明媚な山間のその村は自然の美しさと人の魅力に満ち溢れている。

京都の人から、石川の人へ

羽原　莉緒　石川県　二十三歳

物心がついた頃からそこにいた、わけではなかったけれど。今までの人生の中で、一番長く過ごした場所。見渡す限り、山と田んぼしかなくて。車がないとどこにも行けないその場所は、幼い自分には不自由極まりない場所だった。小学校までは歩いて一時間。中学校・高校までは、車と電車とバスと歩きで一時間半。大学までは車と電車と歩きで二時間。成長するたび、通学時間も成長した。今思えば、二時間もかけてよく通ったと思う。選択肢がそれしかないと、きちんと適応するものなんだ、人間って。

学生時代をこの不自由な場所で送り、社会人になり、新たな土地で一年を迎えた。思い起こせば、不自由な分、家族との関わりが多かった。車が不可欠だから。買い物も一緒、通学（通勤）も一緒、遊びも一緒。旅行の数も周りの友達よりはるかに多かった。でも、不思議とそれが嫌ではなかった。家族が近づく家作り、いっそ山奥にみんな建ててしまえば近づいたりして。

鳥に憧れだしたのもこの場所だった。自由に空が飛べたら、そう思って空を見上げた数は数え切れないほど。運転免許を取った時、車という翼を手に入れたと、喜んだ記憶もある。逃げ場はいつも、空だった。

その場所は、京都の山奥。京都といってていいものかと思うほど、田舎。戸建ての家には、広い庭があって。春は花見、夏はＢＢＱ、秋は紅葉、冬は雪景色と四季折々の表情を見せてくれた。その庭には、小学校入学記念樹のソメイヨシノが十八年経った今でも、見事な枝ぶりを見せている。歳月ってこういうものか。

今は、石川の地で一人暮らし。京都出身と言うと、周りからは「いいね」の一言。遊び場もなければ、交通の便も決していいとは言えないけれど、「京都」のネームバリューは流石の一言。住めば都とは、よくいったもので。

京都とはいっても、住んでたのは小さな町だから、町の人ほとんどが顔見知りみたいなもので。ついこの間、小学校で給食の先生をしてた方が、定年を迎えたそうで、母から聞いてすぐに連絡してみた。小学校時代、仲良しの先生だったから。もう十二年も前の話だから、覚えてなんかないだろうな、なんて思いながら、懐かしい声に自分の名を言うと、「覚えているよ、ありがとう」の声。こっちが少し泣きそうになった。家族だけじゃなくて、人と近づける場所なのかも。

離れてみたから、愛おしいものなのかもしれない。今でもあの場所に住んでいたら、こんな風に思い返すこともきっとしなかった。もうすぐ結婚して、石川の人となる、私。そんな私の基礎を作ってくれたのは、京都のあの場所だった。嫌ってほどに見慣れた光景は今、瞼を閉じれば浮かんでくる。新しい家庭をこれから作っていくけれど、忘れてはいけない一ページとして、心に刻んで。

私、石川の人になります。

お姫様の町

宮本　みづえ　　大阪府　六十一歳

ぼくは東京タワー近くのマンションで両親と三人で住んでいる。建設中のスカイツリーも見え、完成が楽しみだ。

三学期も終わりに近づき、もうすぐ春休みだ。四月からぼくは五年生になる。暖かくなり、宿題のない春休みが大好きなぼくは浮かれていた。

そんなある日、父さんの大阪転勤が決まった。我が家には、父さんの転勤には家族も一緒に、というルールがある。

大阪なんていやだ。怖いおじさんや図々しいおばさんがたくさんいるらしい。その人達の子供達は、なまいきかもしれない。ひったくりや交通事故だって、すごく多いみたいだ。

そんな大阪に暮らすなんて、絶対に無理。

あーあ、不安でたまらない。ゆううつだ。

春休みになった。ぼく達家族は住む所を探すために大阪へ行った。

新幹線から降りた新大阪で在来線に乗り換え、五分くらいで大阪駅に着いた。

父さんが前もって住む町は決めていた。

「タクシーより電車のほうが早いからな」

そう言って、父さんはサッサと歩き出した。

出張が多い父さんは、けっこう大阪にくわしいみたいだ。

四分くらいで着いたのが、地下にある阪神《はんしん》電車の梅田《うめだ》駅だった。

「四つ目の駅で急行は止まらないから、普通電車なんだよ」

不安そうな母さんとぼくに比べ、父さんは自信満々で頼もしかった。

端っこにある四番線のホームに向かう時、阪神タイガースのポスターが何枚もはってあるのに気付いた。うっかりしてた。だから大阪はいやなんだ。売店には大嫌いなタイガースグッズが並んでいる。阪神ファンは、ハンパじゃないのだ。野球のルールなんかわかるはずもない幼児が、夜の球場にハッピを着てメガホンを持って、風船を飛ばしている。

こんな大阪で巨人ファンだなんて絶対に言えない。

ぼく達が降りたのは、梅田駅から十分弱の姫島《ひめじま》駅だった。

駅前の小さな不動産屋に入ると、おじさんが一人いた。父さんを見るとニッコリして頭を下げた。転勤の準備で出張した父さんが、条件に合う物件を頼んでいたのだ。

数軒の中から選んだマンションに行ってみた。駅から七分の小さな七階建てで、三階の

２ＤＫの部屋に案内された。

ぼくはいいな、と思っていたら、母さんも気に入ったみたいで、すぐに決まった。

ぼくはベランダに出て、さっき電車で渡ってきた大きな川、淀川《よどがわ》を見ようとした。

三階なんてがっかりだ。淀川は見えないし、見えるのは家の屋根とビルばっかりだ。

だから父さんに言った。

「ぼくは七階のほうがいい」

するとおじさんがこう言った。

「七階も一部屋空いてますよってに……」

「ダメよ、七階は」と、おじさんの話の途中で、母さんが口をはさんだ。

「高い所はいやよ。あなたも知ってるでしょ」

そう、母さんは高所恐怖症なのだ。東京のマンションも三階だった。実は三階もいやらしい。一階や二階は、ベランダから泥棒が入ると思い込んでいて、ギリギリ三階なのだ。

新しい住所を見たぼくは、大阪で暮らす不安が半分に減った。ちょっとワクワクもした。

郵便番号が、５５５-００２５なのだ。

カッコイイ。そして町の名前が姫里《ひめさと》だ。

かわいい女の子が、たくさんいるかもしれない。

姫里は一丁目から三丁目と、小さな町で、大阪駅に近いのに都会ではなかった。

新学期が始まった。母さんと一緒にマンションから六分くらいの姫里小学校に行った。建物や運動場は、ぼくがいた東京の学校と同じくらいだったが、生徒数が少なかった。一年から六年まで、各学年は二クラスだ。

ぼくのクラス五年一組は、男子二十二人、女子十六人と、姫里なのに女子が少ない。

担任は東野《ひがしの》先生で、若い男の先生だ。先生は黒板に大きくぼくの名前を、
三上博之《みかみひろゆき》
と書き、東京から来たことを話した。

そのあとでぼくは自己紹介をした。といっても、名前とよろしくお願いします、を言っただけである。

先生はぼくを一番後ろの真ん中の席に連れていき、

「ここやったら教室全体がよう見えるよってに。口《くち》の悪いガキばっかりやけど、心が優しいて、おもろいで。三上、学校にも大阪にも早う慣れてや」

と、早口で言いニコッとした。関西弁なんだ、先生も。

クラスメートの自己紹介が始まった。

ぼくはお笑い番組が好きだ。関西出身の芸人さん達も大好きだ。漫才を聞いていても意味はけっこうわかる。だからこれからは話せるようになりたい。関西弁をスラスラ話せた

らカッコイイだろうな。

次の朝、近所の六年生の男子が迎えに来てくれた。一緒に近くのマンションの前へ行くと、五、六人の生徒がいた。集団登校だ。

「明日から七時四十分までにここに来てや」

と言ってニッコリした。


初めての日曜日、東京の学校の五年生にハガキを書いた。東京ではぼくの学年は三クラスあった。一年ごとにクラス替えがあるので、四年の時のクラスメートもそのままじゃないと思う。

四年の三学期の終わり頃、ぼくが大阪へ行くと話した時、皆は驚いていた。泣いている女の子もいた。そして皆が心配した。ぼくと同じで、大阪は怖いと思っているのだ。男子達は、負けるなよ、と言った。

そんな東京の友達にハガキが書きたくなったのだ。

郵便番号の555－0025は、やっぱりカッコイイなぁ。

「ねぇ父さん、どうしてこの町に決めたの?」

「町の名前かな。ひ・め・さ・と、響きがいいだろう。大阪っぽくないだろう。大阪駅に近いのに素朴だし。でも町に沿って、神戸に続く国道二号線がでーんと走っている。大きな淀川も一丁目の横を流れている。この町だったら、母さんも博之も気に入るんじゃないかってね」

「郵便番号は知ってたの?」

「知らなかったんだ。いい番号だよな」

「うん。カッコイイから、父さんが姫里を選んでくれて嬉しいよ」

東京にいる時、大阪の子供はなまいきだと決めつけていたけど、そうじゃなかった。クラスの皆は、一年の時からずっと吉本へ行く勉強もしているみたいに、ひょうきんな子が多く、いつも笑いがあった。

大阪にも慣れ、ぼくがすごく楽しそうにしているので、両親は安心したようだ。

ある日、ぼくはずっと気になっていたことをクラスメートに聞いた。

「なぁ、ここの町名に姫って字がついてるやんか。お姫様に関係あるんやろか?」

ぼくは関西弁がけっこう使えるようになってきた。

「さあ……。今までそんなん気にしたことあらへんもん」

と、皆は同じようなことを言い、知っている子はいなかった。だから家の人達に聞いてみることにした。

次の日、クラスメートの家族の人達も知らないことが判明した。

「町会長さんなら知ってるかもしれんで」

という子の提案で、放課後に全員で町会長さんの家に行った。

子供がゾロゾロと押しかけてきたものだから、町会長さんは驚いていた。

ぼく達が訪ねた理由を知ると、ぎょっとした顔をしたが、すぐにニコニコしながら話し始めた。

「昔、ここにはかわいい女の子がぎょうさんおったんや。それは今でも変わらんみたいや」

町会長さんは右から左、左から右へと女子達をながめて笑い、女子は全員恥ずかしそうに下を向いた。

「ところが、昔は男のほうがいばっとった。男のほうが偉いと皆が思うとった。今は反対やけどな。いつも男の我がままに、女の子も女の人もばあちゃんも、泣きながら暮らしとったんや」

ここで町会長さんは汗をふいた。

「ある時、一人のばあちゃんが、これではアカンと勇気を出したんや。夜中に女全員で逃げたんや。逃げるゆうても遠い所へは行かれんわな。バスも電車もない時代や。そこで、神社と寺に逃げ込んだんや。神主さんや坊さんは、困った人を助けるに決まっとる。賢いばあさんやで。朝になって男達はあせったんや。当然やわな。今までいばっとったから、ごはんも食べられんし困ってしもうたんや」

町会長さんの汗はすごい。ふいてもふいても流れている。

「そこで男達は神社や寺へ拝みに行ったんや。もちろん中に母ちゃんや娘がおることは知らんのやで。中からその様子を見ていた女達は、すぐには帰らんかったんや。もう少しこらしめてやろうと思うたんや。男達は毎日拝みに来とったが、とうとう衰弱して来れんようになったんや。するとあの賢いばあちゃんが、皆に帰ろうとゆうて、男達は元気になったんや。男達は女の人を大切にするようになって、神社があった所を姫島、寺があった所を姫里と決めたんや」

ぼく達は、さすが町会長さんだ、と感動した。

すると町会長さんはぼく達に頭を下げ、

「すまん。今の話は全部ワシの作り話なんや。町会長ともあろう者が、町の名前のいわれも知らんとは情けないことや。しかも恥ずかしいことに、気にも留めへんかったんや。さっそく調べるよってに、今の作り話はなかったことにしてくれ」

と、汗をふきながら言った。

「今の話、おもしろいし、これでいいやん。もしかしたら正解やったりして」

と、だれかが言った。

「それはないわ。ああしんど。この機会にちゃんとこの町のことを調べてみるわ。即興で話を作って、もっともらしく大勢の前で話をするのは、ホンマしんどいわ。このことは、家の人にもゆうたらアカンで。ワシの信用が丸つぶれになるからな」

と、今度は両手を合わせてぼく達を拝むような格好をした。

ぼく達は大笑いした。町の名前のいわれなんてもういい。

町会長さんって、賢くておもしろい人だ。とっさにあんな作り話ができるなんて、頭の回転がいい証拠だ。いざという時、しっかりした判断ができる人だと思う。都合の悪いことが起きても逃げない人だ。だって、さっきは子供のぼく達にちゃんと謝って頭を下げた。

ユーモアがあって信頼ができる。こんな町会長さんがいる姫里っていいなぁと思う。

ふる里の色

坂井　操穂　　大阪府　四十五歳

大震災に見舞われた仙台の様子を、八歳の娘と一緒にテレビで見ていた。次々と浮かぶ友人の顔。それぞれの無事を確認してほっとすると、孤独と向き合った仙台での日々が懐かしくよみがえってきた。

主人の転勤で仙台から大阪に来て、十一年になる。私は、静岡で生まれ育ち結婚。そして一年後の春、夫の転勤のため、仙台で暮らすことになった。右も左もわからない新しい生活が、私は少しばかりうれしかった。住みなれた土地は居心地がいいけれど、しがらみも多い。そんなものから解放されて、仙台の新しい風を感じ、希望に満ちていた。

その年は冷夏で、仙台は半そでも着られない程寒い夏だった。そして冬。雪はほとんど降らないが、やはり東北の冬は想像以上に寒い。楽しんでいるはずの毎日だったが、体は正直で、肌も髪もガサガサ。接触性じんましんにも悩まされるようになった。そして生理が来ない。

産婦人科を訪れた私に医師は言った。

「少し薬で助けてあげれば、すぐに妊娠できますよ。どうしますか？」

静岡で、一度流産を経験していた私は、

「はい。お願いします」

と軽い気持ちで返事をした。これが不妊治療だという実感も、ほとんどないままに。でもここからが苦しみの始まりだった。数か月で妊娠はしたけれどまた流産。そのあとはただ何年も病院通いを続けた。不妊の原因は特に見当たらないが、妊娠できない期間が長引くと夫との考え方にもずれが生じ始めた。

子どもが欲しいという言葉は、同じように発していても、そのとらえ方、気持ちのおきどころが、男と女では全く違うものなのだ。子どもは欲しいけれど、そのことに百パーセントの思いを懸けない夫と、女性なら当然できるはずのことができない自分と向き合い、悶々とする私。お互いの気持ちはいつも平行線で分かり合えない気がして、淋しかった。学生時代の友人はみんな出産、子育てで大忙し。取り残されている気がした。習い事をしてみても、職場の同僚と飲みに行っても、いつも違和感が残る。誰にでも抱えているものがあることは充分わかっている。けれど、当たり前のことができない自分に自信が持てなかったのだ。

仕事をしている時だけが、自分で自分の存在を、認められる時だったように思う。しかし仕事を頑張る私に夫は協力的ではなく、家に帰れば夫婦喧嘩ばかり。それでも私は人並みのこともできない自分に、社会での居場所が欲しかった。そうすることでしか自分を肯定することができなかったのだ。努力をすると結果が見える仕事とは違い、不妊治療はどこまでも得体のしれない何かに支配されているようだった。「頑張って」と励ましてくれる友の声も、黙って見守ってくれる両親、義父母のまなざしも私にとっては痛く、つらく切なく、心がいつも涙を流していた。

七年の月日が過ぎ、夫に大阪への転勤辞令が出た。振り返れば、食べ物もおいしく、出会う人々はとても優しかった。震災で私の頭に浮かんだ大切な友達。そういう人たちにいつも囲まれて過ごしていた。もっと広い視野で物事を見ることができたなら、楽しい思い出はたくさん作れたことだろう。でもあの頃の私は本当に孤独だった。苦しい時をどう乗り越えていくか……苦しい時は、黙ってその状態を見つめる。逃げないで心の声に耳を傾けよう。漠然とそんなことを思いながら、自分の歩いていく方向を探していたように思う。

新しい生活にまた少し期待をしながら、大阪にやってきた。とても暑く感じたが、暖かい所で生まれ育った私は体調も良くなり、じんましんなど、うそのように消えた。

そして三度目の妊娠。気持ちよく晴れわたった五月の朝、出産準備で静岡の実家にいた私は、激しい陣痛を抱えて病院へ。

分娩台の上ではもちろん苦しいのだが、その痛みの奥に赤ちゃんが産まれ出ようと頑張っている力を確かに感じる。「おぎゃあ」という産声とともに産まれ出た時、二人で一緒に頑張ったことを心から実感し、女に生まれてよかった、出産を経験できてよかったと思った。それと同時に私は、分娩室に異様な雰囲気を感じ、喜びで笑みがこぼれそうになるのを瞬間的に止めた。分娩室の中が無言だったから。私にかかわってくださった方たちが笑っていなかったから。

「ダウン症」と告げられた。

その時私は三十六歳。高齢は自覚している。こんなことがあるかもしれないことくらい予想はしていたが、それでも少し混乱した。

「受け止める」と心の中で繰り返す。

この子は今、私と一緒にこんなに頑張って産まれたのだ。もし私がこの子を不憫だと言って泣くなら、それが一番かわいそうなことだと思った。私は子どもができなかった十年間たくさん涙を流したのだから、もうこの子の障害のことで泣いたりはしない。今までの思いをうまく踏み台にして、前を向いて歩いていこう。私の中の強い心はそう思っていた。そして弱い部分から、宿命という言葉が広がってくる。自分の意思や力ではどうすることもできない。正直言えば、子どもを産んだことはなかったことにしてもらいたいくらいだった。子どもが欲しい欲しいと言って頑張ってしまったけれど、私は産んではいけない人だったのかもしれない……と不安が襲う。

でも保育器の中で眠るわが子は、生きるために産まれてきたのだ。無条件に愛おしく、そこにいるだけで私を幸せな気持ちにさせてくれる。人の命に理屈はないことを実感した瞬間だった。

ゆっくりゆっくりと発達する娘の子育ては決して楽ではないが、大変ともまた違う。娘をとおして出会った、たくさんの人に助けられ、励まされてここまできた。私が娘に助けられることもたくさんある。孤独でないことにとても感謝している。

先日、仙台の友人から支援物資の依頼がきた。彼女の友人の町で、夏服が不足しているらしい。送るものを探す私の心は、ふる里を思う気持ちそのものだと気づいた。生活をすることは、そこがふる里になるということなのだ。グレーだった仙台の思い出が少し赤みを帯びて心の中に映し出された。

静岡と仙台と大阪。私を育ててくれた。私を強くしてくれた。大切な場所。ふる里の色は、時間とともに深みを増して、私の中でいい色を作り上げていくことだろう。

我が愛しの原っぱ

渡辺　泉　　兵庫県　五十七歳

この原っぱは、兵庫県高砂市にありました。


巨大なショッピングモールを眼前に、私は言葉を失った。

「いったい、これはどういうことなのだ。広々とした私の大切な原っぱは、どこに行ってしまったのか」

悔しい……。もっていきようのない悔しさに、私は地団駄をふんだ。駐車場は満杯で、家族連れがにこやかに通り過ぎていく。平和で穏やかな冬の昼下がり……。私だけがメラメラと怒りを発しながら、クマのようにあてどもなく歩き回っていた。

その不思議な原っぱは、私の住む長屋から道一つ隔てた所に漠々と広がっていた。高い鉄条網がまるで結界を示すかのように、人をきびしく拒んでいた。大人はだれも近づかない。ただ、子供たちだけが、鉄条網のわずかな裂け目をくぐり抜けて侵入した。そこは別世界だった。見渡す限り草ボウボウ、所々にコンクリートの土台が打ちっぱなしになっており、西洋の砦のような廃墟が寂然として草の波間に浮かび上がっていた。

「これは何なんだ?」

そんな疑問さえ封じこめるような、すさまじい風景だった。絶対に一人では入れない。私はいつも友だちを誘って、恐る恐る侵入するのだった。

やがて、恐怖は遊楽へと転じていく。子供は遊びの天才だ。コンクリートや草の壁を利用して鬼ごっこや追いかけごっこをしたり、城のような廃墟に入りこんで探検ごっこをしたり……。遊びのバリエーションは数限りなくあった。ひとしきり雨が降ったあとなどは、大きなくぼ地に雨水がたまって、ちょっとした池になった。

「あそこに、たらいを浮かべて舟遊びをしたら、楽しいだろうな……」

池のほとりにたたずんで、私は想像をたくましくした。

荒涼とした原っぱだったが、自然は四季折々の彩りを忘れなかった。春になると、枯れ野の中にタンポポが愛らしい姿を現して、黄色い灯りをポッポッとともした。草の波が鮮やかな緑に染まる頃には、白く可憐な野バラが、無粋なコンクリート壁をレースのように飾ってくれた。夏にはセミの大合唱が響き渡り、秋には、トンボやバッタの大収穫祭だ。私は原っぱを走り回って、愛すべき昆虫たちとたわむれた。冬、枯れ野のかなたに沈む夕陽は荘厳なまでの美しさで、ほんの子供であった私でさえも、粛然として立ちつくした。

小学三年生頃のことである。私も少しは成長したためか、あの不思議な原っぱは、いっ

たい何なんだろうという疑問を抱き始めた。それで早速、母に聞いてみると、

「あれはな、軍需工場の跡らしいで」

と言うばかりである。新参者である母にはそれ以上詳しいことは分からないらしかった。

「ぐんじゅ工場？　なんや、それ？」

当時、知的好奇心0《ゼロ》の野生児だった私は、さらなる究明に及ぶことなく、いつしかその疑問も空のかなたに飛び去ってしまった。結局、その正体は分からずじまいだったが、とにかく楽しければいい、面白ければいい、時々怖くなるのもたまらない。そんな原っぱは、私の幼少女時代を通じ、最強の遊び場として私の生活に君臨し続けた。

別れは、突然やって来た。みじめな長屋生活におさらばして、マイホームを獲得したいという両親の悲願が達成されたからだ。私たちはピカピカの新居に転居することになった。翌年の東京オリンピックを控えて、日本中が熱気と活気に沸き立っていた昭和三十八年十二月二十五日、私は新しい生活への希望を胸に、ふるさとと、そして、あの原っぱにきっぱりと別れを告げた。

それから長い時を経て、私は退職し、ようやく自由な時間を手に入れた。それをきっかけに、私はこし方をふり返って、自分の人生の整理を試みることにした。記憶の奥底からわき上がって来るもろもろの中で、最大の謎はやはり、あの原っぱだった。おりよく、インターネットという強力な助っ人が登場しており、私はもっぱらこれに頼ることにした。

そして、思いつく限りのキーワードを入力して検索を試みたが、その謎を解き明かすことはできなかった。それもそうだろう。半世紀近く前の片田舎の原っぱについて、だれが好き好んで情報を流すというのだろう。私は自分の酔狂さに一人苦笑した。しかし、苦節数年、私の執拗な検索は、やがてある確実な情報をキャッチした。

(兵庫県)
「川崎造船所　伊保工場」

これが、あの原っぱの正体である。昭和十八年、着工。未完成のまま敗戦を迎え、昭和二十三年閉鎖。

昭和十八年といえば、太平洋戦争が始ってからすでに二年、日本のシーレーンはズタズタに引き裂かれ、おびただしい軍用船が海のもくずと消えていた頃である。軍用船の早急なる増産が喫緊の課題であり、その一環として着工されたものだろう。恐らく昼夜を徹しての突貫工事となるはずが、資材の窮乏ははなはだしく、工事は遅々として進まなかったにちがいない。未完成のまま敗戦、そして、私が別れを告げた昭和三十八年まで、少なくとも戦後二十年ほどの長きにわたって廃墟のまま放置されたのだ。

悲しい過去である。その過去を思うと、なぜ大人たちがそこに近づこうとしなかったのかが理解できる。なぜ近くに、小さなコリアン・タウンがあったのかが理解できる。あるいは、私の長屋は工場で働く人たちの長屋であったかもしれないとも思う。あの原っぱは大日本帝国の夢の跡であり、私のふるさとは戦争の幻影を重く引きずった町であったのだ。しかし、戦争を知らない子供たちは、なんの屈託もなく原っぱの中にとび込んでいった。子供たちにとって、とりわけ私にとって、あの原っぱはちょっと怖いけれど、話の分かるいいやつだったとしみじみと思い返す。

長年の謎が解けたあと、私は半世紀ぶりにふるさとを訪れた。私の長屋と原っぱを隔てていた道は拡幅され、私の長屋は跡かたもなく消え去っていた。人が通るのもまれであった土の道は今や立派な幹線道路となり、交通は混雑をきわめていた。そんなふるさとの激変を私は悲しい思いで眺めていた。

遠い記憶を頼りに原っぱの位置を探し出すと、そこは巨大なショッピングモールになっていた。その偉容を前に、私はしばし放心したようにさまよった。

「戦争のおきみやげとして無用にうち捨てられるより、ショッピングモールという形ではあれ、平和に人々が集う場として利用されるほうが、はるかにいいことではないか」

そんな論理で、私は自分自身を納得させようとした。納得できるのか、あるいはできないのか……。おもむろに私はショッピングモールに背を向けて、薄い冬の陽の中へ、とぼとぼと歩き始めた。

あなたへの手紙

かんな ひろこ　兵庫県　四十五歳

拝啓　淡路島様、あなたは本当におもしろいところですね。約三十年前までは、島として独立していて、初めに四国と、そして、本州と橋が架かり、純粋な島ではなくなってしまいましたね。それでも、淡路「島」。イザナギノミコトとイザナミノミコトの神々が、最初につくられたという由緒正しいこの島。きっと、ずっと残っていく名前ですね。

子どものころ、忙しかった母が、時々フェリーに乗せて神戸や大阪まで連れていってくれたものでした。あのフェリーで食べた竹ちくわ、のんびり一時間かかった船旅が懐かしいです。時には、船酔いもしたけれど。

大人になってからは、一時期、ゴルフ場がたくさんできるだの、大きなモニュメントをつくるだの、なんだかあなたらしくなく変わっていくような計画があったようですね。結局、お話は流れてしまい、ほっと胸をなでおろしました。

あなたの地で生まれ、島だったころのあなたで育った私は、正直言ってきゅうくつな思いもしました。限られたまち、限られた人間関係、そして、その中で決められていく自分の立ち位置。息苦しく感じたことも多々ありました。でも、高校へ入学して、他の学校からの多くの生徒の中で、少しだけ新しい自分になれたように思います。

こんなふうに書くと、あなたが悲しい思いをされるかもしれませんが、楽しい思い出もいっぱいありますよ。自然に恵まれた島だからこそ、山でヤマモモの木に登って、蚊に刺されながらも実をとって食べたり、セミとり、ザリガニとり、魚とり……そして、夏には美しいホタルの舞も、すぐそばの川で見ることができました。かけがえのない思い出です。

今は、神戸や大阪へも高速バスに乗れば、あっけないほど早く着くことができます。あなたのことしか知らずに一生を終えるのが嫌で、京都で学生生活を過ごしたとき、本当のあなたが見えてきました。

「ああ、淡路島のお魚ってあんなにおいしかったんだ」とか、帰省のたび、船着き場へ迎えに来て手を振る母を見て、そして、のんびりとしたあなたの姿に、あなたのよさがやっとわかってきたのです。

今は、あなたのもとへ戻り、子どもに恵まれ、その子どもたちもここから旅立とうとしています。日本から見たら、ちっちゃなあなた。でも、あなたの懐から離れて、きっとあなたのよさがわかる日が子どもたちにも来ることでしょう。

子どものころは、本当に田舎だなあと思っていたあなたが、今は私には安心できる「ふるさと」にやっと変わりつつあります。あなたのもとで共に育った友人、知人たちのありがたさ、私たちを育ててくれたあなたに感謝しています。

時が経ち、支えてくれた母が他界し、父も病に臥せる中、私を支えてくれているのは、やっぱり、家族と、友人、そして、我が家をずっと見守ってくれている「淡路富士」先山《せんざん》。今冬には、久しぶりに、頂に雪をかぶっていましたね。あなたをみて、どんなに励まされているか。

「淡路島って、ボール投げたら海に落ちるんやろ」とギャグで言われたら、ちゃんと「琵琶湖にすっぽり入るくらい大きいし、ええとこやで」と答えておきますね。

「くにうみの島」「御食国《みけつくに》」として、関西のみならず、日本中から注目されるようになったあなた。

長々となりましたが、あなたのよさを決して失わないよう、私たちも見守りながら住み続けていきますね。

かしこ

かんな　ひろこ

淡路島様

花のまち・絆のまち　宝塚

不破 三雄　兵庫県　八十歳

私は兵庫県の六甲山麓で生まれ、三歳のとき大阪に引越して大学を卒業するまで関西で育った。だから、宝塚歌劇の本拠地として知られる「たからづか」をまったく知らなかったわけではないが、特に強い関心をもっていた記憶はない。だが二十歳を少し過ぎたころ東京で就職して、同じ職場の多くの人が、関西に行ったら奈良や京都より、神戸と宝塚に行きたいというので驚いた。もっともこれは半世紀も前のことだから、社会の何もかもがアメリカナイズされてゆく中で、多くの人が神戸のまちや宝塚の舞台が長年育ててきたハイカラな味つけに魅力を感じたのも、当然のことかもしれない。

東京暮らしのまま、私は三十歳で結婚。まだ住宅不足の解消しなかった東京近郊を転々として十年、人生も半ばを過ぎようとする四十歳のとき関西に移った。三人の子育て中だったので、空気が急速に悪化した大都市をさけ、まだ緑地帯を残していた宝塚に小さな家を設けた。大阪湾に注ぐ武庫川がまちを貫く。その支流・逆瀬川を見おろす丘の上に、私たちの家はある。ここに根をはって四十年、子どもたちは育ちあがって、今は引越し当時、赤ん坊のように頼りなく思えた植木や草花と、夫婦で、かわりばんこに会話を交わす毎日が続く。

今、関東の人たちには、神戸や有馬温泉に近い「タカラジェンヌ」のまちとして知られている宝塚市だが、実はこの地域は、何百年という伝統によって育てられた「花のまち・植木のまち」なのだ。かくいう私自身、その事実をこのまちに暮らすようになってはじめて知ったのだ。今でもその中心部は、阪急電鉄宝塚線の山本駅周辺にある。駅の近くの踏切の脇には、園芸興隆のシンボルでもある「接木《つぎき》」の開発者でありこの地域の指導者でもあった山本膳太夫の頌徳碑がある――大正二年除幕の、「木接太夫」をたたえ、感謝する碑文がそえられている。

山本膳太夫は豊臣秀吉に仕えた武士で、本名坂上頼泰、戦国時代の末期だから四百年も昔のことだ。戦《いくさ》を好まず、隠棲して草や木を育てた。開発した接木の技術は革新的で、その名は近隣にひろがり、その噂は豊太閤にも届いて、秀吉は自分の部下だったことを知り、「木接太夫」の名を贈り、贅沢品の売買が禁ぜられたときにも、山本地域の園芸業者には特例として高価な植木の流通を許したということだ。

調べてみてわかったことだが、宝塚の山本一帯が、園芸栽培の技術を磨いてきたのは、木接太夫の時からだけではない。この地区の指導者・坂上家は、代々多田源氏の配下で、その領地であった山本荘の荘司をつとめた。そのルーツは中国からの帰化人で、牡丹など薬草の栽培技術をもっていた。その歩みはなんと一千年近く。宝塚が明治大正の頃まで牡丹の日本一の産地として有名だったのも、代々草花の育成に力を注いできた先人たちのおかげだったのだ。徳川時代、豪華な牡丹の花が人気を呼び、各地の大名に山本から出荷される牡丹が、流通を活発にした。明治中期には年間五万株も生産され、その品種も多様化した。明治期に最盛期を迎えた牡丹が衰退したのは、海外から様々な品種が大量に流入したのと、連作をきらう牡丹が、長年、苦労しつつも栽培しつづけた山本地区の土壌に耐えられなくなったことにある。

現在、牡丹栽培の伝統は、山本からずっと北西に当たる牡丹園でわずかに守られているだけだが、山本地区が研究を重ねた栽培技術は様々な草花や植木や並木・公園の植栽に生かされている。

私が引越して来た当時、阪神間のまちの中では比較的多くの緑が残っていた宝塚のまちも、平成に入ってから都市化が進み、今は武庫川の両岸に高層マンションが相次いで建てられている。都市化・マンション化が緑を奪い、樹勢を弱める現実を見るたびに、「もう少し工夫して緑を残せないのか」と言いたくなる。宝塚市民のほとんどが同じ気持ちだと思われる。市が音頭をとり市民が協力する全市一斉清掃の日、道路や公園で草とりやゴミ拾いをする間に交わす話題にも、緑を守りたい、花や木を育てたいというのが想像以上に多い。

こんな会話の中から私たちの家の近所では草花や、小さな植木のプレゼントや交換が、盛んに行われている。「なるほど、これが花木のまちの伝統なのか」と思うことがしばしばある。我が家の君子蘭やキダチベゴニアの鉢も、元はお向かいの家からいただいたものだ。そのおうちの君子蘭が枯れてなくなったとき妻は、見事に咲いた君子蘭の鉢を別に仕立ててお返しした。こうして、宝塚の花たちは、――時には庭木も――ここで暮らす人びとの心をつなぎ、絆を強くするツールの役割を果たしている。

同じ兵庫県で生まれながら、そして関西で長く暮らしながら、私は宝塚というまちを単なる観光都市――やや浅薄なハイカラ趣味のまちだと思っていた。あまりにも若かったからだろうか。私は今、そのことを心から後悔している。人は、ただそこで長く暮らしたというだけでは、本当にその土地を知ったことにはならない、ということを年老いてはじめて知ったように思う。

私の愛するまち宝塚。それは、花と緑が、人の心を結ぶ、絆のまちなのだ。

朝霧と山城の町

りきまる写真館　岡山県　五十二歳

三脚にセットした一眼レフカメラの前には朝日に輝く霧の海が広がり、三百ミリ望遠レンズは、霧の中に見え隠れする純白の雪をまとった山城の雄姿を捉えている。舞い上がる朝霧の中に、白く輝く山城が姿を現した瞬間、私は静かにシャッターを切った。張りつめた静けさを破るようにシャッター音が響いた。

太陽が霧の中から姿を現すと、先程まで薄暗く寒々としていた世界が、一気に明るく輝き始め、暖かさをも感じることができるようになった。

備中松山城。標高四百三十メートルの山の上から、私が住んでいる町をずっと見守ってくれている、小さな山城がある。

日本三大山城の一つであり、天守閣のある城としては、我が国で、最も高い場所に位置する城である。

私はもう二十年以上、各地の風景を撮影し続けているが、地元はあまりに身近すぎ、本気で撮影する気になれなかった。二年程前、松山城から東方に位置する山の尾根を散歩していた時、この場所を偶然見つけ、「こんな所から、城が見えるんだ。以前、霧に浮かぶ松山城の写真を見たことがあるがここだったんだ」と、長年住み慣れた地に、宝物を発見したように嬉しかった。その時、頭に浮かんだのが、

　輝く朝霧に浮かぶ雪化粧の山城

であった。

しかし、現実には雪の少ないこの地で、休日と雪と朝霧そして、晴天の朝の条件が揃う事は難しく、二年の歳月を経て、やっと夢のコラボレーションが叶い、まさに今、一枚の写真が撮影できたのである。

高梁市。岡山県の中西部に位置する山あいの小さな町であり、四方を山に囲まれ、中央には高梁川、そして市の北側には山頂近くに、天空の城、備中松山城を構える臥牛山がある。秋冬は、ほぼ毎日、朝霧に包まれる霧の町でもある。

私は高校を卒業後、大阪の大学に出た。その頃、山と川だけの小さな田舎町を出ることには、なんの抵抗もなく、都市部への強い憧れだけが私を支えていたのである。二十年後の春、何かに引き戻されるようにこの地に帰って来た。職場への通勤路は少し遠くなったがやはり山々の息吹と、輝く朝霧に包まれたこの町の魅力は何物にも勝っていた。

目の前の朝霧の海も、太陽が昇るとともに青空に吸い込まれ、消えてゆく。耳を澄ますと薄れてゆく霧の中から、電車の音、車の音等、町のざわめきが風に乗ってかすかに聞こ

え始めてきた。日曜の朝なのに意外と町の目覚めは早いようだ。そんなことを考えながらマグカップの熱いコーヒーを飲む。体中に元気が湧いてくるのが分かる。

この雪が消えないうちに雪化粧の町を撮ってみよう。

急に、思い立った。

まだ、町にも雪が残っている、この調子だと、午前中は大丈夫だろう。急いで、撮影機材を片付け、車に積み込む。

町中まで山を下り、二十分後には、町の東側山裾にある松連寺前空き地で、三脚を立てていた。

高梁には寺院が多く、いまだに、名前も分からない寺がかなりある。大晦日の夜、家の外に出ると、あっちこっちから、面白いくらい除夜の鐘の連打が聞こえてくる。

松連寺。昔から気になっていた寺である。石垣がすごい。遠くから見ると、まるで城のようだ。昔は松山城の砦として利用されていたとのことである。雪化粧された寺に朝霧が流れている。正面から、霧が輝く瞬間を狙って一枚パチリ。

ここからはカメラ機材と三脚を持って自分の足で歩いてみたくなり、車は置いて行くことにした。

松連寺から北に歩くと、薬師院、定林寺、道源寺へと続く。

町の中心部には、東西に紺屋川と呼ばれる小さな川が流れており、川沿いには雪を被った桜並木や古い商家、民家が見られる。高校生時代の私の通学路である。家からすぐ近くではあるが、日々の忙しさに追われ、最近ではなかなか通ることはなくなっていた。

雪の朝、ここを歩くのは高校生時代以来ではないだろうか。

ふと、懐かしさと新鮮さの入り混じった、不思議な気持ちが湧いてきた。

小さな踏切を渡り、川沿いの道を歩くと、古い教会がある。県下最古の教会堂であり、明治洋風建築としても貴重なものだそうだ。

桜並木を覆っている雪が朝日を受け、早くも融け始めてきた。木々の枝についた水滴と雪が朝日を受け輝き、雪景色の中に満開の桜を見ているような錯覚に陥る。輝く桜並木を手前に入れ、雪に覆われた古い教会を撮影する。古い商家、家並みにもカメラを向けてみる。もう気分は見知らぬ町に訪れた旅人である。

紺屋川通りの撮影を終え、さらに北へ歩いた。道路の雪も日陰を除いて融け始めている。特に目的もなく、高梁の雪景色を撮影して歩くつもりだったが、ここまで来た時、松山城に登る途中、高梁の町並みが一望できる所があるのを思い出した。冬晴れの朝、雪景色に輝く高梁の町をカメラに収めたくなり、少々重たいがカメラ機材を持って、登山道を登ってみることにした。

急がなければ、雪が融けてしまう。

やや焦りながらも、小堀遠州の造った名園で有名な、頼久寺の雪景色を道路からスナップ撮影し、先を急いだ。

しばらく歩くと、土塀の続く武家屋敷通りに出た。正面には我が母校である高梁高校が見える。高梁高校は松山城のある臥牛山山麓にあり、ここもまた高い石垣の上に、まるで城のような風格を見せている。松山城は江戸時代、戦時に城としての役割を果たすのみで通常はこの高梁高校の建っている場所にあった御根小屋と呼ばれる建物が、城として機能していたのである。

休日の朝ということもあり、人通りのほとんどない雪景色の武家屋敷通りを、気兼ねなくスナップ撮影し、高梁高校前を過ぎれば、松山城登山口に着く。

小学生の頃は何度も登った山道であるが、久しぶりの登山道である。目的の場所は、八合目あたりであり、重いカメラ機材と三脚を持っての雪道登山にはやや不安があったが、ここまで来てやめる訳にはいかない。木立に覆われた、薄暗い山道を登り始めた。融けかけた枝の雪が、時折、ドサッという音を立てて落ちてくる。十分も歩くと汗が滲んできた。吐く息も真っ白である。何度か大きな曲がり角を抜け、足ががくがくになった頃、目の前に急に眩しい日の光が差し込んできた。同時に、真っ白に輝く山々と町並みが目の前に広がった。まだうっすらと朝霧が漂っている町の中央には朝日を反射して、黄金色に輝く高梁川が南北に流れ、それに平行して線路が走っている。走っている電車や車がおもちゃのように可愛く見える。汗ばんだ額をハンカチで拭う。

三脚を立て、目的の撮影を終えた。
ふと、十数年前に聞いた一首を思い出した。

高梁の
　松山城に
　　登る時
汗はかくけど
　　登ると涼し

今は、高梁を離れ遠くの街で働いている我が息子が、子供の頃、学校の宿題で作った一首である。

わたしゃあ岡山産じゃ！

ＮＯＲＩＫＯ　岡山県　五十一歳

私が生まれ、住んでいるのは岡山市。

私の家はＪＲ岡山駅から歩いて二十分くらいの所です。ベランダに出れば電車が走っているのが見えます。新幹線も在来線も近いし、貨物列車が通るときは窓を閉めないとテレビの音が聴きづらくなります。ガタンゴトンと長ったらしく大きな音です。

岡山の田舎のほうの人はの～んびりしゃべる。岡山弁自体、のんびりしているとよく言われます。どこかのおばちゃん方は機関銃のようにしゃべるらしいが、岡山弁は本当にゆーっくりです。

「岡山弁ＪＡＧＡ！」という本も出ています。あれがけっこう面白い。岡山弁がわかる人が読んだら笑えます。

岡山と言えば岡山城。めったに雪が積もらない岡山市内にたまに積もったら、写真に残したいくらいお城がきれい。

それから日本の三大名園の一つである後楽園。いつも手入れがなされていて、それはみごとな庭園です。四季折々の花が咲き特に桜が美しい。

後楽園のそばの旭川ぞいに並ぶ染井吉野が満開の時は、何度見ても感動します。地元の人は、旭川の桜の下でお弁当を食べたりバーベキューをしたりします。だから、いつもその時期に橋の上を通ると、下から美味しそうなにおいがします。

それから北長瀬駅のそばのガラ～ンとした所に、ポツンと白い岡山ドームがあります。まだ空いている土地が多いので、遠くからでも見えます。これからあの辺も変わっていくんじゃないかと思います。

ＲＳＫバラ園もステキですよ。たくさんの種類のバラがとてもきれいです。

特産の物としては、岡山は白桃やマスカットなど、いろいろな果物がとても美味しいです。

夏は、田舎のほうへ行ったら電車の窓から一面藺草のさわやかなグリーン一色が見えます。

この冬は、珍しくうっすらと雪景色の日がありました。私は雪国の人の苦労を知らないので、犬のように喜びました。

まあいっぺん岡山においでんせえ。

岡山駅前で桃太郎が待ちょーるよ。

愛すべき島根

石本　秀希　　島根県

島根って知名度低いんですよ。

修学旅行で京都に行ったとき、観光客の人に地元紹介をしたのですが、大抵の人が鳥取と間違えるのです。

「鳥取砂丘が島根にあるんだよね」

と、言う人もいるくらいです。

それもそのはずです。隣同士だし、漢字も島と鳥はどこか似ている。何より山陰として括られてしまうので、どっちがどっちか分からない人は多いです。

けど、鳥取砂丘は、鳥取と頭にあるのだから島根じゃないと思ってほしい。

地理のテストで県庁所在地を答える問題があったと思いますが、島根の県庁所在地は松江市です。県名と異なるため、かなりの確率で出題されます。

全国駅伝とか放送されると、やたらと応援したくなります。いつも下位のほうを走っていますが、中継所でたすきをつなぐときに実況の人が「島根が三十五位で通過しました」

とか言うと、

（あっ、島根って言った）

って思います。

同じスポーツで、高校野球の島根代表が甲子園に出場してベスト8に進出した際は、お祭りムードです。ローカルニュースが。

ほかに、大学駅伝の一つに出雲駅伝っていうのがありますが、

（なんで出雲？）

って、思いませんか？

全国ニュースで「島根県」って聞くとひやっとします。テレビに釘付けになっちゃいます。松江の天気に敏感ですが、全国ニュースでは、広島に負けて省かれます。

あと、島根にある民放のテレビ局は鳥取と同じです。なので、ローカルニュースも島根と鳥取のことを取り上げるのですが、なぜか鳥取のほうが取り上げられる量が多いような気がします。

島根県民のほとんどの人が、鳥取県民は裏切らないと思っています。多分。鳥取と一緒じゃないと中国地方は、広島という大都市がありますから、対抗できません。

ただ、良きライバルという意識もあります。人口や知名度など他県に劣る両県が、互いに切磋琢磨していけば良いと思います。

島根には、お年寄りの方が多く住んでいます。割合は常に上位です。

犯罪の検挙率も常に上位です。

安全で平和な町です。

島根に生まれてよかったと思います。山があって海があって、道があるんですから最高じゃないですか。

あっ！　これだけは、仕方のないことかもしれませんが、島根には、空港が三か所、国道も高速道路も通っています。鉄道だって通っています。なのに、新幹線だけは通っていません。

ただ、島根に新幹線は必要ありません。

あったとしても乗る人、少ないですから。

風の町

中浦　聡　兵庫県　六十歳

平成十八年八月下旬残暑が厳しい日曜日の夕方、ゴルフを終えた達成感に浸りながら兵庫県尼崎市の自宅に帰ると、居間でテレビを見ていた妻が弾んだ声で、

「今度封切りされる映画の宣伝を見たけど、あなたの実家のある飯浦がロケ地になっているわよ」

と話しかけてきた。

「え、飯浦が？　あそこは小さな町で映画のロケ地にはなり得ないな。何かの間違いだろ」

と答えると、

「映画の題名は『旅の贈りもの　0：00発』。大阪駅を深夜に出発した列車が翌朝、ある小さな架空の駅『風町』に到着するけど、実はそこが飯浦なの。町並みは瀬戸内海の島等いろんな場所を取り込んで創ったらしいわ」

と説明を受けたがすぐには信じられず、翌日、その映画の題名でネットを検索すると妻から伝えられた内容のサイトが出てきたので驚いた。

益田市飯浦町は島根県の西端部に位置し、三方を山に囲まれ北側に日本海が開ける小さな集落で、私は高校を卒業するまでこの地で海辺に遊び山を駆け巡り育った。

一九七〇年進学のため故郷を離れて以来、阪神間に居を移している。時々帰省はしているもののノスタルジアも働きこの映画に関心を持ち、封切りを心待ちにして梅田に赴いた。心ときめかしながら映画を観ていると深夜列車は田舎の小さな駅に着いた。目を凝らしてよく見ると確かにそこは飯浦駅だ。中学や高校が隣町にあったので、六年間、汽車通学をした駅には思い出が詰まっている。

丘陵地にある駅舎から下へ降りる小道でヒロインが転ぶシーンがあるが、あそこはいつも通っていた場所だ。

しばらくすると八幡神社が映し出された。この神社の参道の石段を登ると途中に線路が横たわっている。幼少の頃、踏切の警報機が鳴るまでレールに耳を当て近付いてくる汽車の車輪の音を聞く遊びをして両親等からよく怒られたものだ。

女優と少年の二人が石段に座り、石州瓦の家並みを見下ろすシーンが出ると、「あれは友達の家でその横が私の実家だ」と驚きながら観た。

そしてエンディングは列車が風町駅を出発し「いい日旅立ち」のメロディーに乗せて疾走する中、地元では小浜海岸と呼ばれている砂浜がスクリーンに大写しになった。「あの砂浜は海水浴でよく遊んだところだ」と思わず涙が出た。

ストーリーもさることながら、心癒される風景描写の中に故郷が組み込まれていた事に感動した。

そのような私の故郷が危機に晒されたことがある。それは一九八三年、島根県西部の沿岸部を中心とした集中豪雨に襲われた時だ。

その年は空梅雨が続き、そのまま夏に移行した七月下旬、私は尼崎市にある職場で汗をかきながら仕事をしていると上司から、

「ニュースを見たけど益田市で集中豪雨があったらしいぞ。君の家は大丈夫か？」

と聞かれ、すぐに電話を入れたが回線が断絶して連絡が取れず、その後何回か電話をかけているうちに通話可能となり、電話口に弟が出てきて状況を知らせた。

「家の前の小さな川が氾濫して二階近くまで泥水が押し寄せて大変だった。今はようやく水が引いて皆で二階の部屋にいる。

たまたま山口から飯浦に帰っていたら集中豪雨に遭ったよ。雨のカーテンができたようですごい土砂降りだった。嫁は二階にいたが増水して水位が上がってくるので、子供を抱いて屋根裏に逃げようか、泳いで脱出しようかと思ったほどだ。今は床下に溜まった泥を運び出しているが、とにかく人手が足りない。早く帰って来てくれよ」

「わかった。兄貴と連絡を取って明日には帰れるようにする」と言って電話を切った。このことを上司に報告し、休暇の許可をとって帰宅しようとすると、上司から自宅に来るよ

うに言われ車で立ち寄った。

「掃除するのに雑巾が必要だろ。全部持って帰りなさい」と新品のタオルやハンカチを山ほど渡され送り出された。

神奈川県に住む兄は新幹線で大阪に向かい、その日の晩、私の自宅に着き一泊した。翌日の早朝、私と兄は車に乗り中国自動車道を西へとひた走った。途中のサービスエリアで食料の調達が必要だと思い、缶詰、清涼飲料水等を買い込んで車に積んだ。

高速道路の走行は快適だったが、島根県西部に差しかかり生々しい豪雨の爪痕を目の当たりにした時、ドライブ気分は消えた。益田市内に親戚の家があるので車を向けたが、道路は瓦礫で塞がれ、車を降りて歩いて行くと周囲から訝しがる視線を感じた。それもそのはず、地元の人は泥塗れになって復旧作業に追われているのだ。

急いで車に戻り実家へ向かった。飯浦に着き車を降りて歩いていると、道行く人々から「よく帰ってきたね。両親が喜ぶよ」と声をかけられた。

実家に辿りつくと、両親と弟が家の中に流れ込んできた木々や泥水等を必死で外に出していた。両親や弟と再会の喜びを分かち合ったあと、父が曇った表情で「家の中は泥だらけだ」と呟いた。見ると畳はすでになく、床下は流れてきた田んぼの土で埋め尽くされている。「お父さんは川の水位が上がってきたので、心配して覗き込んでいたら足が掬われて濁流に流されそうになったのよ。でもあんた達が帰って来てくれたのでもう安心」と母は微笑みながら胸を撫で下ろしていた。弟は女房と子供を山口に返し、本人は実家に留まった。

翌日は隣町から応援部隊も駆け付けてくれ、懐かしい人とも再会したが、昔話をする暇もなく黙々と土砂を運び出したお陰で、作業は着々と進んだ。

その日の夕餉は近くの料理屋に出かけ、新鮮な魚介類を食べ、ビールを飲んで談笑し、今後の対策を家族で話し合った。

「ここは三角州で水害を受けやすい。安全な所へ引っ越したほうがいい」と促すと、父は、「先祖代々から引き継いだ土地だから、そう簡単に移住はできない。二人で家の補修をやっていくよ」と強い口調で答えた。

還暦を過ぎるまで飯浦で育ってきた父のこだわりは強く、水害ごときで離れることはできないという意志を認めざるを得なかった。

延べ五日間、実家の二階に寝泊まりして復旧作業に専念し、職場に帰る日がきた。両親をこのままにしておけず、隣町の親戚を訪ね今後の事を頼んで各々帰路に就いた。

その後水害からの復興は順調に進み、三年後には氾濫した小さな河川も拡幅され、実家の前の田んぼも宅地に変わり、町並みは整備されていった。

水害から二十八年経過し両親が他界した今、実家は空き家になっている。山口に住む弟夫婦が気にかけて、家の空気の入れ替えや庭の手入れ等のために時々訪れているが、これを見かねた近くに住む幼友達が、実家の管理を申し入れてきた。我々兄弟は話し合いをして「地縁に頼るのが最善」と決め好意を受けることにした。

かつて、大晦日に近所の友達が実家に集まり皆で楽しむ慣わしがあったが、今は八月の盆の帰省時に従兄や幼友達を含め十数人が集い宴席を設けている。いつも話題になるのが少年時代の思い出話である。

この地方は比較的温暖で、冬も滅多に雪は積もらない。だから外が一面の雪化粧をした時はいつも、友達を誘って山に出かけ、直径十センチくらいの竹を伐採して持ち帰り、それをスキーに仕上げ、皆で坂道を滑ってよく遊んだ。

また、海辺が近くなので夏はいつも海水浴に出かけた。海が荒れ遊泳禁止となったある日、数人の友達から「波乗りをしよう」と誘われ海に出かけたことがある。土用波が激しく打ち寄せていたが、私達は海に入り波乗りしたり潜ったりして遊んでいた。すると突然、私が荒い波に巻き込まれ、瞬く間に沖に流されてしまった。寄せ波に乗り何回か岸へ辿り着こうと試みたが体力を消耗し、友達が見守る岸はどんどんと遠ざかっていった。「もう駄目だ」と観念した瞬間、浮輪を持った親友が現れた。年上の友達がタイミングよく投げ込んだ浮輪にしがみ付き、一命を取り留めた事があった。

話題が豊富で宴会は夜遅くまで続くが、地縁を保つには必要であり楽しみでもある。

沈む夕日が凪いだ海原を赤く染める時、潮風に吹かれながら漁港の防波堤に立ち四方を眺めると心が癒される。今までの想い出が蘇ると共に、自然と活力が湧き出る一時である。

ある日の追想

池溝　修　山口県　二十九歳

西の京山口、大内氏がこの地を治めていた時代そう呼ばれ、明治維新を行った長州……それが山口県を全国に説明するに相応しいだろう。けれど、名こそ華々しいが、そう呼ばれるに至るまで、多くの血腥い犠牲も伴い、多くの命もまた失われていった。

大河ドラマ「龍馬伝」の影響で、龍馬の立ち寄った下関や、史跡である高杉晋作等を輩出した吉田松陰の塾に観光客が訪れて、「坂の上の雲」では、長州出身の軍人・児玉源太郎等も注目されるようになった。

ぼんやりと私もまた足を伸ばし、郷土史にそって史跡を訪れ、偉人の家跡、石碑の刻まれた名等を見て、空を見上げた。何十年、何百年も昔、ここで彼らも同じ空を見上げたであろうかと思うと感慨深くなる。

その土地に住む人達を見れば、今も昔もこの土地に住み、息づく住人は時は違えども、朝起き、汗を流し働き、夜は寝入る。生活様式に違いはあれど、生きている人々の一日は同じように過ぎているのだ。滅んでいった時代と共に今もあるその土地に住んでいる人々は、これからも年を取り、老い、過去になっていく事であろう。

源平の世、合戦で落ち延びた平家の残党、落人伝説がこの山口にはたくさんある。

私はある日、彼らが隠れ住んだという平家屋敷跡へと向かった。錦町という、山奥深くにそれはあるのだが、道中は谷が続き、そこからいくつもの滝が流れている。

そのうちの一つに、鹿落ちの滝というものがある。平家の落人が狩りで鹿を追っている時に、鹿が足をすべらせて真っ逆さまに落ち、頭を割って死んでしまったという高い滝だ。今でもその鹿の頭部の骨が神社に奉られていた。私はそこで参拝し、お賽銭をあげて、紅葉の落ち葉が流れていく木谷川を車で進んでいった。人家はほとんどなく、車一台がやっと通れるほどの細い小道が続く。そんな山道で、美しい川と谷、木々の青々とした緑に、高く、細く上から下へと落ちる滝の美しさに私は感無量の思いがした。

何時間も人とは出会わず、一人自然の中にいる、あのなんとも酸素の濃い空気を吸い、山の中に鳥の声が響き渡っていた。今にも時代をこえて着物を着た人々が出て来そうな幻想的な光景が辺りを包み込んでいく……。

そんな中、私はゆっくりと平家屋敷跡へと落ち葉を踏みしめながら歩いていった。途中、道は車が進めないほど荒れて枯れ枝等で塞がれて、それらを跨いで歩を進めた。

時を忘れ、ただひたすらに細くなっていく小道をどれだけ進んだであろうか、手書きで平家屋敷跡と書かれた、古く茶色くなった板の看板が一本そこにあるきりで、あとはただ雑草が生い茂り、荒れ果てた平地があるだけだった。そこに人の住んだ形跡は今となっては見つける事は難しく、過去の姿さえ存在することのできぬ、寂しい荒れ地と化していた。人の住まぬ山の中、一人ポツネンと私は立っていた。ジャリ、と一歩踏みしめるたび、足元で土と石のこすれる音がした。

諸行無常という言葉が浮かび、平家物語の一節が浮かんだ。物語では華々しい彼らもその後何も残らず消え去ったのか……。

少し物悲しげな気持ちで私は来た道を戻り、車へと乗り込み、谷と滝が続く細道を走っていった。

途中、一度通り過ぎた滝の前で車を停めた。そこには二つの大きな岩があり、一つを姫岩と呼んでいる。それはかつて、平家が人質として一緒に連れていた源氏の姫君が、落ち延びてきたこの地で、平家の人々と暮らし、京都の地に近い景色を見、その岩の上で髪をとき、舞い、秋に紅葉する美しい木々に心を慰めていたという伝説のある岩だった。

それには一つ、続きがある。人質だった源氏の姫君はこの地の若者と恋に落ちるのだが、平家の人々は反対し、貴族の姫君と平民の若者はこの岩でひっそりと逢瀬をかわし、その後、ある老人の力によって周囲の者達に二人の仲を認めさせ、二人は夫婦となり女の子が産まれたという。その源氏の姫君とこの山口の若者の子供の子孫は今でもこの地に住んでいるそうだ。それを知り、私は先程の平家屋敷跡の荒れ地と、そしてそこから車で進んだ先にある人家の続く町を見て、ふと思った。滅びたのではなく、彼らの子孫はこの地で少し場所を変え、この地の人達と交わり生き続けているのだな、と。そう思うと屋敷跡を見て感じた物悲しさは消え、妙に晴れ晴れとした気持ちとなった。

なるほど、過去の物語は現在に姿を変えて息づいているのだな。そう考えると自然に口元に笑みが浮かんだ。

たしかにこの地は昔、悲しい事もあったろう、けれどそんな過去も受け入れて、人々はその上でしぶとくも強く生きている。そんな人間くさく、強情な人間が、この国を作っていっているのだろう。今までも、そしてこれからも……。そうやって時代は流れ、作られていく。

坂の上の雲の町

大西 由益　愛媛県　十九歳

あの町は、どうしてあんなにのどかだったんだろう。

最近、ふとそう考えることが多くなった。そんなとき、私は酷く慌てていて、そのせいでとても辛いのだった。

田舎から東京へ出てきて、一年が経っていた。こちらはなんだか、どこもかしこも忙しない。皆、どこかへ向かって急いでいる。

――どこへ向かって、急いでいるのか。

自分たちの目的地を、その中の誰も知らないだろう。その忙しない流れに、見事にこの身は順応してしまった。朝起きる、身支度を整える、駅へ走る。その一連の動作は、否応なく私を理想形から遠ざけた。そうして、極め付けに、電車が忙しなく到着する。

――どこへ向かって、急いでいるのか。

その問いを繰り返しながら、毎朝それに飛び乗るのだ。

そうやって、私の道は迷走する。もう簡単には引き返せない。

愛媛県松山市、坂の上の雲の町。秋山兄弟と正岡子規、彼らはふるさとの偉人である。こんもりと山の上に松山城が見える。その坂の上、城の如くそびえる雲に、彼らは何を思ったか。

あの町は、どこへ行ってものどかだった。急いでいる人間がいないわけではないのだけれど、それさえも容易く呑み込んだ。

それには、チンチン電車が一役買っていた。道後温泉駅から出発して、ゆるやかなカーブを曲がる。そうして電車は、ゆっくりと城下の町を走り始めるのだ。

あれは、車と同じ道を走る。それを聞いた東京の友達が、驚いて言った。

「同じ道を走っていて、事故は起きないの？」

それに私は、笑いながらこう返した。

「事故は起きない。だって、あれは車と同じくらいの早さで走るから」

何をそんな当たり前のことを、とそのときは思ったのだけれど、これが当たり前であるのは、あの町の住人だけである。彼女たち東京に住まう者にとっては、『電車は速い』のが当たり前なのだ。

なるほど、そうだ。本来、速いものであるはずの電車が、車と同じ速さで、同じ道を走っている。その景観は、のどかであるはずだ。それが全部を呑み込んで、あの町はのどかなのだ。

辛いとき、あの町を思うのは、あれが私の原点で、理想形であったためだ。迷走を極めた私の道は、もう簡単に引き返すことができないけれど、帰る場所はあの町である。

――どこへ向かって、急いでいるのか。

いいや、今の私には、あの町だけが分かっていればいい。

そうして、想像の内に、チンチン電車のあの車体に飛び乗るのだ。ゆるやかなカーブを曲がって、私をあの町へ連れて帰ってくれる。

オソ越バス停

絹田　美苗　　高知県　六十歳

「厚かましいが憎めない。ずるそうだが目の放せない愛嬌があった。ひとりでに体がはしゃいでしまい、生きて動いていることが面白くて嬉しくてたまらないというところは、……」

これは向田邦子直木賞受賞作「かわうそ」からの一節だ。

人間の本質を捉える彼女の洞察眼は、この動物の生態を活き活きと描いている。

カワウソは動物分類では食肉目《しょくにくもく》イタチ科《か》カワウソ亜科《あか》に属し、仲間には可愛い仕草のラッコもいて、賑やかで楽しい仲間が多い。

地上に暮らすものは食の営みに命を懸けて毎日を生きているが、カワウソは一日の糧を確保するだけでは満足できないらしい。

小魚や海老などの水生動物を一日に体重の二割近くも食べる大食漢なのに、生活を丸ごと遊びに変えて楽しんでいるようで不思議だ。

身の回りの出来事に好奇心が強く、気持ちや行動を抑えられない性分は私と似ている。

そんな似た者同士だからなのか、カワウソという動物が大好きなのだ。

二十年前、高知県は動物園を創設するにあたり、臨床経験のある獣医師を求めていた。当時私の夫は湘南の水族館で、イルカやアシカ等の海獣類の診療を担当していた。当初から動物園のプロジェクトチームに参画できる内容に、夫はとても乗り気になり、

「もし、家族みんなで転居するのが無理なら、単身赴任でもオレはやってみたい！」と意気込む傍《かたわ》らで、働く母親でもあった私は見知らぬ土地で暮らす不安が日増しに募った。

「高知では今でもニホンカワウソが生存しているらしいの。四万十川では目撃情報も多いし、きっと逢えると思う！」と名残りを惜しむ友人に私は威勢よく言っていたが、遠く離れた四国に移る心細さを紛らしていたのだ。

でも、関東を離れるときにはこう思っていた。

「子どもたちは土佐を故郷と思って成長するだろう。太平洋の彼方に想いを馳せた幕末の志士坂本龍馬が育った国なのだから、そこで逞しく育つことを信じて暮らしてみよう」

初めて住んだ南国は太陽が眩しくジリジリと射すような陽ざしにまず驚いたが、太平洋の水平線はどこまでも青く輝いていた。

日本の野生動物であるニホンカワウソの姿をここ高知で確認できることは、「見果てぬ夢」というか、一縷《いちる》の望みでもあった。

今から百五十年前の幕末や、明治のころ東京周辺の荒川でも、ニホンカワウソは近隣に姿を現わす身近な動物だった。

しかし、それ以後の産業経済の発展に伴った自然変化は、彼らの住処《すみか》を脅かしていった。川はコンクリートの護岸《ごがん》や堰《せき》でかためられ、沿岸は道路整備が進み、海岸の波打ち際は埋立地や防波堤が建ち並び、カワウソたちの安住の場所は次第に狭められていったのだ。住処を支える生命の水も工場排水や農薬などの流入によりまず水生動物が激減し、悠々自適だった食の営みは困難になっていく。

彼らが棲むことができる自然環境は、この五十年の間にも驚くほど減少している。

そんな中、四国には豊かな水系をもつ河川や森林が広がる自然が残っていた。愛媛県から高知県西部には目撃情報も多く「ニホンカワウソ最後の聖域」となっていた。一九六五年には国の特別天然記念物に指定され、絶滅を防ぐ方策や生息調査がやっと本格的に始まってきた。

しかし近年、終《つい》の住処の聖域でさえ足跡やフンの生活情報はめっきり少なくなった。「見かけたあの動物はカワウソに違いない！　ニホンカワウソはきっと生きている」と悲願にも似た情報を届けられたりするが…。

今やニホンカワウソは絶滅してしまったと認めざるをえない。

清流四万十川、そして最後に生きている姿が目撃された新荘川には、ニホンカワウソと土地の人との長閑《のどか》なエピソードや写真が残されている。

保護された野生のニホンカワウソが土産物店に犬のように繋がれていたとか、夏の川に突然姿を現わし地元の子どもたちと一緒に楽しそうに泳ぐ写真は、あの「かわうそ」の描写そのままである。

彼らは河童《かっぱ》（土佐の古語では「エンコウ」）として土佐民話に登場して生き続けている。ニホンカワウソが暮らしていた跡を辿って、夫と私は土佐の森や川に出かけ、そこの自然を体感している。

高知県内にカワウソの名が今も残る地域があり、その風景をぜひ見たいと思った。

古代の人は彼らを「ヲソ」と呼び、いつしか「ウソ」、そして川に棲むウソで「カワウソ」と、名は時代や地域で変遷していった。

春まだ浅い日、県南西に位置する幡多部の大月町小才角《こさいつの》付近に出かけてみた。ヲソが越えた峠であることから「オソ越」と名付けられたそのバス停は、なんの変哲もない山間の景色の中にポツンと立っていた。

今も宿毛と土佐清水を結ぶ地域の交通機関であるが、バス停付近の人家はまばらだ。

舗装道路のすぐ横には小さな川も流れ、どこにでもある日本の原風景が広がっている。川の水系を辿って山の奥まで五㎞近くも食べ物を求め歩く習性をもつカワウソは、きっとこの峠を越えていたに違いない。

私はバス停周辺の写真を撮り、夫はフィールド調査に忙しそうであるが、近くの山からは野鳥のさえずりも聴こえる春日和だ。

そのとき、白装束に日除けの笠を被ったお遍路さんがひとり、私の横を通りかかった。必要な家財道具をあらかた積んだ荷車を押し、片方の手には鈴のついた金剛杖、足取りもしっかりしたお遍路さんは初老の男性だった。宿毛の三十九番「延光寺」、あるいは足摺の三十八番「金剛福寺」を目指されるのだろう。

「あのぅ、お遍路さん。もしかして近くの峠でカワウソを見かけませんでしたか？」

と思わず肩越しに尋ねてみたくなった。

「チリン、チリン、チリリン、チリリン」

（夢を追っているのかい、遠い夢だね…）と鈴は謳《うた》っているように聴こえた。

春風の中をお遍路さんと鈴は過ぎていく。

遠ざかるお遍路さんの後ろ姿にやっと現実《いま》に戻った私は、カメラを持ったまま「オソ越」バス停の横に佇んでいた。

「オソ越」から帰ったある夜、夢を見た。

人も寝静まった暗闇の森の中、あの小さな川からニホンカワウソがヒタヒタと足音をたてて山道に這い上がって辺りを見回している。身体をブルブルと震わせて川水をはじき飛ばすと、「キッ！」と警戒した声で鳴く。

そして水掻《みずか》きのある足を小刻みに進め、尻尾で身体のバランスをとりながら、あっという間に峠を越えて深い山奥へと消えていった……

短い夢だったが目覚めた私は、しばらく朝の光に抱かれたまま微笑んでいた。

私の島のお見送り

結　福岡県　二十五歳

私の生まれた場所は、見渡す限り澄んだ海、そして緑豊かな山々が並ぶ小さな小さな島。地図ではたま～に目にするかな。右を向けば、おばぁちゃん、左を向けばおじぃちゃん、時おり、小さな子どもに、山の上からヤギの呼ぶ声。のどかな島だ。帰省するたびに、のどかさに癒され、温かさに安らぎ、ゆったりとした時の流れに、違う世界にきたような、そんな感覚に包まれる。本当に本当に大好きなマイホーム。今日は、そんな私の島で最期のときを迎えたおじぃちゃんの話を聞いてほしい。

私が、初めて体験した人の死。それがおじぃちゃん。私が物心ついたときには、常時介護が必要な状態だったおじぃちゃん。自分では動くこともできず、ご飯を食べることもできない。話すことも……。

そんなおじぃちゃんを、おばぁちゃんと私の母で介護していた。オムツを替えて、体位を変えて、身体を拭いて、ご飯をあげて。家で介護するのが当たり前の時代。献身的な祖母と母の介護を、いつも横で見ていた私。最期の最期まで、おじぃちゃんは幸せだっただろうなと感じる。いつの日かおじぃちゃんは、おばぁちゃんの眠る横で息をひきとった。すぐに近所の人が集まり、集落の人が集まる。島では、葬儀屋さんがすることを、島の人みんなで協力して行う。

葬儀に参列する人達のお茶や食事の用意。部屋を掃除して、家の前にテントを張って、みんなでおじぃちゃんを囲めるように準備する。

そして、幼かった私の記憶に今でも残るのが、男の人達がみんなで、おじぃちゃんの入る棺を手作りしていたことだ。今じゃ高いお金を出して買う棺、このあとすぐに灰になってしまう棺。これをおじぃちゃんが亡くなった日に手作りしたのだ。どんなに介護していたと言えど、介護だの、リハビリだの普及していない時代。おじぃちゃんの手足には、手足が曲がったまま固まってしまう関節拘縮が残った。一度は完成間近だった棺。けれど、関節の固まってしまった、おじぃちゃんに合わなかった。するとまた初めから作り直す。幼いころに理解し得なかった温かさを今思い出し涙がこぼれる。おじぃちゃんのためだけに作られた最期のベッド。

おじぃちゃんがあっちの世界に逝ったことはとっても悲しいこと。けれど、こんなにも多くの人がおじぃちゃんのためだけに、最期のお祭りをしてくれる。こんな温かい最期、どこにもない。島ならではのお見送り。

おじいちゃんは本当に、本当に幸せだっただろうな。小さな島だからこそできること。生があるうちも、最期のときも、みんなが協力しあう。そんな島が大好きです。

海は私の原風景～我が懐かしきふるさと〝門司〟

馬場　克幸　　福岡県　三十七歳

まだ夜が完全に明けきらぬ海に向かい、父と二人釣糸を垂れる。ここは福岡県北九州市門司区新門司の海岸である。

防波堤の先にあるテトラポッドの上に腰をおろし、釣竿を伸ばしリールを取り付ける。さらに「スナップ」「サルカン」という小道具を介して仕掛けと錘を糸先に取り付け、最後に「アオケブ」という「ゴカイ」の一種であるエサを針に通す。

おもむろに立ち上がり、右肩後方に釣竿の穂先を動かしたかと思うと、全身ごと釣竿を持つ手を前方に振りかぶり、一気にエサの付いた仕掛けを沖のほうに投げる。海面に到達すると、「ポチャン」という音が耳に響く。リールの糸はどんどん減っていき、仕掛けが海底に到達した時点でその動きが止まる。

リールの動きが止まると釣竿を後方に軽くしゃくり上げ、釣糸がピンと張るまでリールを巻く。糸がピンと張ったら、釣竿をテトラポッドの飛び出した部分にもたせ掛けて、あとは穂先をじっと眺める。父は釣竿二本を、私は釣竿一本の穂先をじっと見つめる。

その日は朝五時に起床した。両親はすでに起きており、父は釣道具の準備、母は私達二人のためにオニギリ等お弁当を拵えてくれている。「おはよう！」。さっと顔を洗い、着替えて、準備をする。「車を取ってくるね」と私は一人家を出た。

私の実家は市営住宅で、歩いて二〜三分の所に民間の月極駐車場を借りていた。車に乗り込みエンジンをかける。家の前に差し掛かると、すでに釣道具やお弁当の入ったスポーツバッグとクーラーボックス、そして釣竿を持った父が待ち構えていた。一緒にそれらを車に積み込む。「行ってらっしゃい」母の声に見送られながら出発した。

私達が釣り場としている新門司の海岸は実家から車で三十分程度の場所にある。山一つ越えるわけだが、現在は山の中腹に鹿喰《かじき》トンネルという峠越えのトンネルがあり、それを抜けると新門司だ。小学生の頃、「鍛練遠足」と言って、私の母校「大里柳《だいりやなぎ》小学校」から徒歩でこの鹿喰峠を越え、新門司の「猿喰《さるはみ》」にある「猿喰新田」まで半日かけて歩いた。「猿喰新田」は江戸時代、享保の大飢饉を経験後に大里村の庄屋だった石原宗祐が私財を投じて行った一大干拓事業により開作された新田で、周辺には海を埋め立てた新田の塩気を抜くために造られた「潮抜き穴」や灌漑用の溜池が今でも残っている。門司に住む人で、石原宗祐と猿喰新田のことを知らない人は恐らくいないだろう。というのが、小学校の社会科の時間に「郷土の歴史」ということで必ず習うからだ。聞くところによると今でもそうらしい。

顔にあたる潮風を心地よく感じながら、相変わらず釣竿の穂先を見つめる。当たり（魚が釣竿に食いつくこと）はまだない。水平線の彼方に大型船が見えてきた。大阪と新門司港とを結ぶフェリーだ。青空に綿菓子のような入道雲が広がる。青空は澄み切って吸い込まれそうだ。水平線に向かって右前方には建設中の新北九州空港に繋がる連絡橋が見える。「飯でも食おうか？」と父。大きな弁当箱を開けると、中にはオニギリや唐揚げ、卵焼きが所狭しと詰まっていた。「いただきます‼」オニギリを手に握りかぶりつく。口をもぐもぐ動かしながら、目だけは水平線とそれにかかる釣竿の穂先を見つめる。今度は唐揚げに手が伸びる。卵焼きも甘辛くておいしい。

門司は平野が少なく、海に囲まれた町である。関門海峡を挟んで本州・山口県と対峙する、いわば九州の玄関口だ。本州とは関門橋・関門トンネルとで結ばれるほか、「唐戸汽船」という連絡船もある。山口県寄りの海上には宮本武蔵と佐々木小次郎の決戦で有名な「巌流島（船島）」が見える。

ところで、関門海峡の潮の流れは午前と午後で真反対に変化する。地元の人々は、その潮の変化をそれぞれ「西流れ」「東流れ」と言い、西流れと東流れの間の潮の流れが一時的に止まる現象を「潮止まり」と呼んでいる。

はるか昔、源氏と平家の最後の戦い、「壇ノ浦の戦い」がこの地で繰り広げられたが、その命運を決したのはこの潮目の変化であった。一説によると宮本武蔵の巌流島への到着が遅れたのもこの潮目の動きを事前に調べていなかったためとも言われるらしい。なお巌流島へは門司から連絡船で渡ることができる。

巌流島の砂浜に立ち門司方面を眺めると、なるほど平野はほとんどなく、海岸があると思うとそのすぐ背後は山である。その左右に連なる山の中に「戸ノ上山」という標高五百二十一mの山がある。その昔、弘法大師空海が遣唐使船に乗り、留学僧として唐に渡り、修行を終えて帰路についた際、この関門海峡を通過中その山頂に霊感を感じ、山に分け入り十七日十七夜経文を唱えたという伝説が残る山で、その名称の由来は大里村の漁民が海中で光る玉を見つけ、神のお告げにより、その玉を戸板の上に載せて山頂まで運び祀ったことから、その玉を祀った神社を「戸ノ上神社」、山を「戸ノ上山」と呼ぶようになったとのことである。

私が中学生の頃、友人と数人で戸ノ上山の山頂でキャンプをしたことがある。山頂には登山客のための山小屋があり、そこで一夜を明かした。夜、山頂から下界を眺めると町の明かりと関門海峡を行き交う船舶の明かりが無数に明滅し、右前方にはライトアップされた関門橋が実に美しい。よく長崎市の稲佐山の夜景が「百万ドルの夜景」と言われるが、それには遠く及ばないにしても「一万ドル」か「十万ドル」の価値はあるのではと、当時感じたものだ。空を眺めると真っ黒く透き通った漆黒の闇に、無数の星がキラキラと輝いている。山頂で空気が澄んでいるためか手を伸ばすと届きそうな錯覚を起こし、思わず腕を振り上げて星をつかもうとしては友人達と笑いあった。

「おい！　引いてるぞ!!」父が私に向かって叫んだ。海を眺めながらボオ〜ッと無心で感慨に耽っていた私はハッと我に返り、竿を掴むと軽くしゃくり上げてから必死にリールを巻いた。穂先がかなり激しくしなる。「これは大きいぞ！」と父が手網を持って私に近付いてきた。竿を握る手に魚が暴れ回る感触がもろに伝わってくる。水面に近付いてきた。「よし！　もう少しだ」と思ったその時、突然リールを巻く手が軽くなり、今までの重さが嘘のようにす〜っと抜けたかと思うと、魚の暴れる感触もなくなった。「ばれたか（逃げたか）？」「あぁやられた!!」その後は父と二人〝逃げた魚は大きかった談義〟に花を咲かせた。

太陽がだいぶ高くなってきた。父も私も麦藁帽子をかぶり、じっと釣竿の穂先を見つめる。時々竿を握りリールの糸を巻いては様子を観察する。とその時、父が「来た！　来た！」と竿をしゃくり上げ、リールを巻き始めた。穂先がグングンしなるのが見える。水面を見ると何かが見えてきた。「キスだ！」体長十五㎝ほどのキスがあがった。父はニコニコ笑いながら針を外し、まだ動いているキスをクーラーボックスの中に入れた。

私も負けじとエサを付け替えて再び沖に向かって釣糸を投げる。お昼ちょっと前くらいにちょうど満潮となり、その後潮が引き始めたので道具を片づけ帰宅した。その日の釣果は父のほうが上であった。

あれから何年が経ったであろうか。私が結婚し田川市に移り住んでから、そういえば一度も海へ魚釣りをしに行っていない。

私が現在住む田川市はかつて筑豊炭田として栄え、北九州の八幡製鉄所等とともに日本の近代化を支えた町である。現在産業遺産として三井伊田炭坑の二本煙突と竪坑櫓が現地に保存されている。私の家の下にもかつての坑道跡が埋められた状態で残っており、二階からは田川のシンボルとも言うべき香春岳（五木寛之氏の小説『青春の門』にも登場する）が一望できる。香春岳は一の岳、二の岳、三の岳から成り、特に一の岳は石灰岩採掘のため年々低くなってきており、現在は当初の山高の半分程度と言われる。毎朝窓を開けて香春岳を眺めるのが現在の私の日課となっている。朝日を浴びてオレンジ色に輝く香春岳、新緑でモコモコしたかんじの香春岳、所々を赤く染めた香春岳、うっすらと雪化粧した香春岳。どの香春岳も違った表情で実に美しい。

時々思う。この山の先に青い海が横たわっているということを。海がなぜか無性に懐かしく恋しく思われる時がある。四年前、父が六十歳で亡くなった。その時、海が無性に見たくなって、家族に黙って一時間かけて門司まで行き、大里の海岸から青い海を眺めた。父がこの世からいなくなった寂しさが、心の底から突き上げてくる。その時、海から生温かい風が吹いた。その潮風が私の頬と頭をなでているような錯覚を感じた。耳元で「がんばれ！」と囁かれたような気がした。

私には家族がいる。一家の長として妻と子ども達を養っていかなければならない。そんな弱気でどうする。海から大型船の汽笛が聞こえた。「ブオーッブオーッ。ボッ」海を眺めていると父がすぐ横に立っていて、私を見ながら微笑みかけているような気がするのだ。海は私にとっての原風景。それはきっと私が海に囲まれた町「門司」で生まれ育ったからにほかならない。海は私にとってのふるさと。門司は私のふるさと、心の拠り所に違いない。

黄砂に煙る長崎

尾崎　俊文　　千葉県　五十三歳

古ぼけた地図帳を広げてみる。私が小学生の頃使っていた地図帳だ。表紙は黄ばんで色あせている。その巻末の資料欄には、我が国の主要都市の人口の統計が掲載されている。私の故郷である長崎市は当時の我が国の十五大都市の一つとして記載されていた。この数字は幼い頃の私を少しばかり誇らしげにしたものである。

溺れ谷の合間のわずかな平地に開けた長崎の街は、水深の深い天然の良港であったことから、県西の佐世保市と同様に古くからの造船業が主要な産業であり、異国情緒の漂う観光都市とともに工業都市としての顔を持っていた。かの戦艦「大和」の姉妹艦である戦艦「武蔵」は、市街地の対岸にある巨大な三菱重工長崎造船所で極秘のうちに建造されたことは有名である。

ところがどうであろう。韓国や中国との価格競争に曝され、唯一の製造業である造船業の業績が傾くとともに、若者達は仕事を求めて博多や関西方面に流出し、今やその一方的なヒトの流れを食い止める手だてがない。人口の減少率は毎年のように我が国の都道府県の中でも上位を占めている。また、県民一人当たりの所得も下から数えたほうが早い。高速道路の整備もその傾向に拍車をかけている。消費者である長崎市民の目は地元ではなく、車でわずか二時間の博多に向いている。実際に多くの長崎市民が、週末には高速道路を使って博多までショッピングに出かける時代なのである。長崎新幹線が完成すれば、ますますその傾向に拍車がかかるであろう。周辺の地方自治体を合併することによって、長崎市の人口はかろうじて四十四万人を保ってはいるが、恒常的な過疎化の流れを止めることはできない。

山肌にへばりつくように広がる家並みは、同様の地形を保つ北海道の小樽市とともに長崎市の大きな特徴である。従って、急峻な石畳の坂道がやたらに多い。自転車にはまったくもって不向きな街である。車ですら、狭い坂道を通り抜けることにはかなりの困難を伴う。バイクがやたらに目立つのはそのせいであろう。一方で、物価は安く、しかも食べ物はおいしい。猫の額のような狭い海側の平地を走る路面電車は運賃も安く、また運行頻度が極めて高い。東京の山手線並みである。軌道上への車の進入が規制されているので渋滞ということはない。市民の便利な足といってもいいだろう。世界的にも、この排気ガスを出さない路面電車は環境汚染問題解決の切り札の一つとして考えられている。特にヨーロッパでは路面電車の再評価がなされている。さらに、市街地の対岸にそびえる稲佐山の頂上から眺められる夜景は、函館および神戸の夜景とともに我が国の「三大夜景」の一つと称されている。とはいえ、老人にとっては暮らしにくい街である。衰えた足腰で電停から自宅までの急な坂道を往復するのは、肉体的にかなりしんどいことであろう。雨に濡れる石畳のオランダ坂は情緒に満ちてはいるが、生活者の視点に立てばまことにもってうらめしいばかりである。最近では、坂道のしんどさの故か、市内の持ち家を売りに出し郊外の団地に移り住む人々が多いという。立地条件の悪さから、これらの物件には買い手がつかず空き屋が増えている。まさに空洞化である。これがさびれゆく長崎の実情である。

ならば、この長崎がもっとも輝いていた時代はいつのことだったのだろうか。二百六十年も続いた江戸時代に、幕府は鎖国政策を取っていた。理由はいくつかあるだろう。それは、かのローマ帝国がそうであったように、キリスト教の普及を足場にして幕府の体制を揺るがす勢力の台頭を削ぐために、厳重に監視して異教徒である異国民の侵入を未然に防ぐ目的からであった。その中で、唯一、海外への窓口であったのが長崎の出島である。その重要性は、長崎が佐渡の金山と同様に幕府の直轄下に置かれていたことが雄弁に物語っている。長崎の治安をあずかる「長崎奉行」の職は、幕府の官僚にとっては幕府内での出世の足がかりの一つであった。かくして、西洋の文明は長崎の出島を起点にして、江戸時代の我が国に広がったのである。幾多の志のある秀才達が西洋の学問を学ぶ目的でこぞって長崎を訪ねた。長崎の表看板である「異国情緒」というのは、この鎖国時代に培われたのである。

そこで最初の疑問に戻ろう。長崎がもっとも輝いていたのは、この江戸時代であったことは間違いない。この江戸時代の中でも、明治維新の前夜であった風雲急を告げる幕末に、この長崎はもっとも光り輝いていたのではなかろうか。ドイツ人の医師だったシーボルト、武器商人であったグラバー、そして海援隊を組織し敵対関係にあった薩長の手を組ませ、公武合体を狙った坂本龍馬らがめまぐるしく駆け抜けた時代。長崎は京都とともに維新回天の主要な舞台であった。時代はいつの間にか流れて行き、今では酒に酔った坂本龍馬が斬りつけた柱の痕跡が花街の料亭に残るだけである。明治維新のあと、長崎はゆるやかにその輝きを失い、やがては西九州の辺境の街になっていった。

春になると、長崎は黄砂に覆われる。黄砂とは、偏西風に乗ってやって来る中国の黄河流域の乾燥した土壌である。黄砂に霞む長崎港が印象に残る。それだけに、長崎は地理的に中国に近いのである。確かに、長崎と中国一の経済都市である上海との距離は、長崎と東京との距離とほぼ同等である。長崎空港からは上海便が定期運行している。かつては「西のディズニーランド」と呼ばれた「ハウステンボス」では、年間の入場者数が四百万名を越えていた。この数字は長崎県の人口の二倍半である。まさに「観光立県、長崎」の象徴であった。しかし、経営的に安定した時代はあっという間に終焉を迎えた。過剰投資による負債の増加、そして入場者数の激減による収入減によって倒産の憂き目を見た。現在では新しい経営陣による必死の努力によって再建の目星がつきつつあるという。その目玉の一つは中国からの団体客の誘致にあるという。まさに慧眼である。長崎市には狭いながらも古くからの中華街が健在であり、中国人の生活習慣や文化を受け入れるだけの素地がある。しぼみ続ける長崎の将来の見取り図を描くとすれば、驚異的な経済成長を続ける中国との関係の中にこそ復活のヒントがあるのかもしれない。すなわち、中国を含む東アジアに対象を特化した国際的な貿易と観光の街「長崎」の復活である。遠い昔の輝きを長崎が再び取り戻すことを願ってやまない。

異国からの便り

坂本　菜実恵　　神奈川県　二十五歳

長崎に生まれ、長崎に育ち、勤め、出会い、結ばれ、産み、育て、老いる。そう信じて疑わなかった。そうなるものだと思っていた。今、私は神奈川にいる。神奈川から長崎を見つめている。海が輝き、緑がざわめき、異国の風が吹く故郷を。

小さい頃の夢、カステラを切らずに丸々一斤お腹一杯贅沢に食べること。甘い香りを漂わせ、しっとりと黄金色に光るスポンジ。その昔、異国の土地から長崎へ、そして全国に伝わった西洋の味。今でもカステラと聞けば「特別なお菓子」のイメージ。もったいないから薄く切って、弟と喧嘩しながら食べた味。愛犬と取り合いしながら食べた味。長崎を離れて間もない頃、「故郷の味だよ」とおばあちゃんから送られてきた。食べるのは私一人しかいないのに、やっぱりもったいなくて切ってしまう。いまだに小さい頃の夢は成し遂げられない。いつになったら叶うのか……。

私は長崎県の中心部、長崎市で生まれた。鎖国時代、日本と世界が混じりあった唯一の場所。小さい頃から、長崎くんちのシャギリの音にあやされて育ってきた。キンモクセイの時季にシャギリの音を聞けば身体が疼き、心が弾む。父は長崎の伝統芸能・長崎くんちを受け継ぐ一人だ。秋になるとお諏訪の馬場に龍《じゃ》を踊らせる。江戸時代に唐人屋敷の人々から伝わった大陸の伝説。空に踊る龍の姿を昔も今も心躍らせて見つめる長崎の人の目が好きだ。そして、身体の芯まで響く唐楽器と爆竹の煙に包まれながら、一心に命を吹き込む父の姿が幼心に自慢だった。龍の瞳は、怖いけれども、どこか優しい父の瞳を思い出させる。チャイナ服を着て家族で出演した小さい頃の思い出。大陸の風とキンモクセイの香りに会いに、秋には長崎に帰ろう。

長崎は坂と階段の街。石畳の坂に西洋風な建物群。いたるところに坂があり車椅子の行く手を阻む。年老いた高齢者には厳しい街だ。大学で福祉を学び、介護福祉を専攻した私は市内の老人ホームに就職した。ホームは坂と階段の上にあり、車椅子はスタッフ総出で担ぎ上げる。お神輿状態の〝姫〟が「悪かねぇ、重たかろ〜。ばってん、痩せんとさ〜」と苦笑い。「よかよか、任せとかんね！」介護職員は日に日に逞しくなるばかり。階段はスタッフ総出だが、坂道は一人で対応することもある。ソロリソロリと下り坂、ヒイヒイ、フウフウ上り坂。車椅子に座っているお年寄りが、一生懸命息を吐いている。「ちぃっとでも軽うならんかと思うて」その言葉にまた励まされる。二十四歳女性、腕の筋肉ムキムキである。

華々しい異国の文化が共存する中で、つらく悲しい歴史も共に背負うナガサキ。一九四五年、たった一発の原子爆弾で無数の命が奪われた過去。奪われる必要のなかった小さな命が一瞬にして灰と消えた。あの瞬間に父も母もきょうだいも消えた。そして六十六年経った今でも帰ってくることはない。「地獄のごたった」と祖母は言う。毎年八月九日の長崎は太陽にジリジリと射されながらも、どこか物悲しい。認知症のお年寄りが黙祷のサイレンに嗚咽を漏らして号泣した。あの地獄の日を瞬時に思い出し、恐ろしさに震えていた。ナガサキのお年寄りは一生癒えない傷を心に抱えているのだと痛感させられる。そして、戦争の「せ」の字も、ナガサキの地獄絵図も知らず、ぬくぬくと温室で甘やかされて育ってきた私達の心の貧しさも。

長崎を一歩出ると、原爆祈念日が何日なのか誰も知らない。ヒロシマ・ナガサキが送っている平和への祈りを知らない。小学生の頃から平和を願い、原爆の惨さを学んできた私にとって大きなショックだった。黙祷のサイレンに泣いた、あのお年寄りの涙はいったい何なのか。祖母の顔を曇らせる、あの忌まわしい日々は何なのか。誰かに問いただしたくなる。お願いです、ナガサキの声を聴いてください。

長崎を離れ、お国言葉やシャギリの音からも遠ざかり、坂もない街で今思うことは、故郷の懐かしさ。そして故郷の強さ。生きている人の温もり。坂の街で懸命に生きている命がある。平和の尊さを訴えている声がある。異国の風の中で生きがいを掲げ努力している人がいる。長崎を離れた今だからこそ、その声が聴こえるような気がする。私は長崎で生きてきた、そしてこれからも心に故郷を抱えて生きていく。

人名、地名の表記、日付については、各執筆者の理解に従いました。
また、執筆者の一部は仮名となっています。

愛すべきマイホームタウン

2012年２月29日　初版第１刷発行

編　者　「愛すべきマイホームタウン」発刊委員会
発行者　瓜谷 綱延
発行所　株式会社文芸社
〒160-0022　東京都新宿区新宿1－10－1
電話　03-5369-3060（編集）
03-5369-2299（販売）

印刷所　図書印刷株式会社

ISBN978-4-286-11778-2　JASRAC 出 1115766–101